ESCAMAS DE DRAGONA

MINICLANDESTINOS
Colección Tierras Libres

AF193023

Yosune Álvarez nació en El Entrego, Asturias, en 1979. Es escritora de literatura fantástica y de ciencia ficción, y activista feminista y lgtbi+. Ha publicado *Amazona: La talla del bastón* y *La canción de Tair* (**Orpheus Ediciones Clandestinas, 2022.**) Considera que todavía existen una infinidad de historias, de seres y de mundos, incluso de universos, por descubrir y narrar.

YOSUNE ÁLVAREZ

ESCAMAS DE DRAGONA

LA HISTORIA DE ALCAR

ORPHEUS Ediciones Clandestinas

© 2024 Yosune Álvarez
© 2024 Orpheus Ediciones Clandestinas

DISEÑO, ILUSTRACIONES Y EDICIÓN:

ORPHEUS EDICIONES CLANDESTINAS
Gijón, Asturias, España
editorial@orpheus.es
orpheus.es

ISBN: 978-84-196914-0-8
DEPÓSITO LEGAL: AS-01596-2024

Este libro hace el número 112 del catálogo de ORPHEUS.

Impreso por Podiprint
Impreso en España | *Printed in Spain*

Gijón, Principado de Asturias (España), 2024

Hay muchas dragonas en mi vida. Algunas pasaron volando, pero me dejaron su memoria y sus enseñanzas, y otras se encuentran a mi lado, en las aventuras que vivo, muchas veces sin darme cuenta. Volar sin saber hacia dónde voy crea bolas de fuego en mi estómago que salen en bocanadas, en textos escritos con una letra ininteligible, en sueños de la Diosa que todavía tienen que nacer y en todo lo que vivo, cuando vivir a veces es tan raro y tan hermoso como mirar al cielo y ver las estrellas.

Me paso la vida buscando dragonas y las veo, siempre las veo.

Esta historia de una dragoncita que se hace mayor va dedicada a todas vosotras, y si dudáis de quiénes sois sólo tenéis que tocaros la espalda para notar vuestras alas y mi risa a vuestro lado.

A veces, ser amiga significa el arte de la oportunidad. Hay un momento para el silencio. Un momento para dejar ir y permitir que la gente se lance a su propio destino. Y un momento para prepararse a recoger los pedazos cuando todo haya terminado.

OCTAVIA BUTLER

PRÓLOGO

El universo se extendía violeta y azul ante la figura, que ya no parecía tan imponente en aquella infinitud que lo ocupaba todo, de una dragona que batía sus alas despacio. Sobre su lomo, en una silla llena de mantas dobladas y colocadas, una mujer de piel azulada y tatuada con runas brillantes, observaba las estrellas. Hablaban de vez en cuando, pero el resto del tiempo era sueño. A la dragona siempre le ocurría en aquellos viajes y disfrutaba de aquel ensueño en el que casi podía escuchar voces tan antiguas como los mundos que dejaban atrás. Y la mujer soñaba con las Tierras Libres, tratando de recordar qué era lo que le había sucedido.

La Mujer de los Muchos Nombres solía trepar por su cuello y tumbarse con los brazos estirados sobre su cabeza, para dejarlos descansando cerca de sus ojos sin párpados y de pupilas verdes, enormes y rasgadas. Alcar sentía, entonces, aquel cuerpo tibio sobre sus escamas y no podía evitar que el recuerdo de Jar llegara por oleadas. Jar era una de las brujas más poderosas de las Tierras Libres cuando estas aún no habían recibido su nombre, con la que había viajado a través del universo, que se había convertido en su amiga y que, sin saberlo, juntas salvaron el mundo.

—Pronto buscaremos un lugar donde descansar. Tu bolsa de comida estará vacía. Y necesitarás agua.

La mujer acarició las escamas, rugosas y tibias en las que reposaban sus manos.

—Vayamos a un mundo azul. Me gustaría tocar la tierra y bañarme en el mar.

Alcar se dirigía a un horizonte oscuro, donde las estrellas no brillaban tanto y no se veían los planetas tan luminosos. Pero antes de internarse en aquella oscuridad visitarían algún mundo en el que la mujer pudiera descansar. Durante el tiempo que llevaban viajando se había dado cuenta de que la mujer ya no era humana. No necesitaba protegerse con burbujas de agua y aire, ni comer. Su bolsa estaría vacía, pero si hubiera necesitado alimentarse como un ser humano, deberían, mucho tiempo antes, haber aterrizado en alguno de los planetas por los que pasaban. La Mujer de los Muchos Nombres se había convertido en un nuevo sueño de la Diosa sin recuerdos y sin saber usar las runas azules y brillantes que cubrían su cuerpo.

Sólo había conocido a una mujer tan poderosa como ella: Jar. Su recuerdo había ido aflorando con cada aleteo y en cada sensación que se le despertaba en aquel viaje que le recordaba tanto a los que habían realizado juntas, hacía tantos ciclos que ya había perdido la cuenta.

—En cuanto veamos uno, lo visitaremos.

Y la mujer permaneció allí, sobre la cabeza de su amiga, pegada a ella con sus propios sueños.

El recuerdo de Alcar viajó a aquellos días, en los que había conocido a Jar y en lo que aconteció.

ALCAR

La ciudad de Trastara se alzaba sobre la enorme meseta que en sí misma ya podía ser un continente entero, lleno de lagos, bosques, montañas y volcanes. Muchos de sus habitantes no habían salido de allí y nunca habían visto el mar. Tampoco lo necesitaban. Los mercaderes recorrían penosamente el camino sinuoso para sortear los veinte kilómetros que había desde lo alto hasta el suelo. Viajaban a la meseta y a ciudades como Trastara, Kengir o Lancer en busca de las telas que allí se elaboraban con tanto cuidado y mimo. Nadie más recorría aquel camino difícil y árido.

Alcar viajaba desde Draconia, el nombre que los humanos le habían puesto a la cadena montañosa, llena de volcanes humeantes, donde cientos de dragonas y dragones vivían en las cuevas y desde donde se desplazaban a donde querían y se les reclamaba.

Su madre la envió para aprender, cuando aún no tenía ni la mitad de su tamaño, pero ya volaba y podía lanzar bolas de fuego.

«Llevarás a una bruja en tus lomos y viajaréis en busca del conocimiento. La especie humana es nuestra hermana, aunque no nos parezcamos mucho. Respétala y ayúdala en lo que puedas»

Y una pequeña Alcar asentía, mirando a su madre con tanto amor como curiosidad por sus palabras, mientras sobrevolaban las montañas y aprendía a aprovechar las corrientes de aire.

Recordaba su nacimiento, sólo las dragonas y las dríadas podían hacerlo. Aquel huevo que había sido su hogar se le había quedado pequeño para unas patas que empujaron hasta romperlo. Lloró, tenía frío y hambre. Un morro enorme, lleno de colmillos, se le acercó para olerla y el aliento de su madre la calentó lo suficiente para tranquilizarse, olerla a su vez y buscar su tacto.

Pero volvió a protestar y su madre se la llevó volando para lanzarla por la boca de un volcán. Alcar se hundió en la lava por unos momentos, y al salir ya no tenía hambre, y las alas, que apenas habían sido dos hendiduras en su lomo ya habían crecido un poco más. Los baños se sucedieron en el tiempo y la dragoncita se hacía cada vez más grande. En la caverna donde vivía con su madre, Aliana, recorría las hendiduras y las cuevas que los elementales del aire y del agua habían ido creando a lo largo de los ciclos. Se escurría entre las estalactitas y estalagmitas, por aquel suelo liso y siempre mojado, mientras las espirales de agua y aire le susurraban palabras en Lengua Antigua, historias de otras dragonas y de los mundos de las diosas y de los dioses. Alcar reía y, a veces, soñaba con aquellos mundos intentando imaginar cómo serían.

También sentía al dios Fuego, una mirada ardiente en la noche, orgulloso de aquella especie. Y a la diosa Tierra que, como el susurro del pasto al paso del viento, le hablaba en un idioma que no podía entender. A veces le preguntaba a su madre qué significaba aquello que veía entre sueños.

—Somos parte de él y de ella. Nos soñaron una vez mientras dormían, y nos visitan para hacernos más sabias y para que los ayudemos a crear otros mundos. Cuando tus alas sean más fuertes nos acercaremos al sol y verás otros mundos y las estrellas. Te contaré la historia de la creación.

—¿Y por qué no me la cuentas ahora, mamá?

La dragona agachó la cabeza y rodeó con su cola a su cría.

—Eres muy pequeña todavía y puedes hacerte daño en las alas. El aire se te llevaría y los elementales de los cielos no te conocen, ni siquiera se darán cuenta de tu existencia. No son como tus amigos de las cuevas, que te cuidan y te cuentan historias. Cuando las alas te crezcan un poco más haremos ese viaje a las estrellas.

Y la dragoncita se miraba todos los días las alas para ver si había cambios, apremiaba a su madre para los baños en la lava y volaba siempre que podía para hacerse fuerte y controlar mejor el aire.

El fuego llegó poco después. Después de un baño, notó cómo una bola se le formaba en el abdomen. Abrió la boca rápido cuando sintió aquel fuego que salía a borbotones y corrió hacia la entrada de la caverna, creyendo que lo que iba a salir era una gran llamarada como las que lanzaba su madre, pero sólo un hilillo de humo y una chispa, como la de un pedernal, brotó de entre los colmillos. Enfadada cogió aire para intentar formar aquella bola otra vez en su estómago, pero sólo humo y chispas salían de su boca.

—¡Mamá! ¡Llévame al volcán!

Y su madre reía.

—Ten paciencia, Chami.—Así la llamaba cuando estaban a solas—. Crecerás y cuando lo hagas lanzarás todas las llamaradas de fuego que quieras.

Así transcurrieron varios ciclos y Alcar llegó a ser de tamaño como la mitad de su madre. Ya estaba preparada para viajar, y juntas se alzaron sobre las nubes para llegar al Éter. Y el aleteo se hizo lento.

—Aquí no puedes volar tan rápido, pero tampoco lo necesitas.

Alcar observaba absorta los colores de los demás mundos y el sol. Siguió a su madre, batiendo las alas despacio, y se acercaron a aquel disco ardiente que se fue haciendo más grande cada vez. Luego no recordó nada cuando volvían a bajar.

—En el Éter no pasa el tiempo como en los mundos. Hemos viajado mucho tiempo, habrán pasado ciclos en Draconia.

Y tenía razón, hasta la caverna había cambiado. Muchas cuevas se habían abierto, aunque Alcar ya no acompañaba a los elementales, ya casi no cabía por aquellos huecos y lo que le empezaba a interesar se encontraba fuera de la caverna e incluso más allá de las montañas.

—Vendrán a buscarte. Los seres humanos siempre buscan dragonas para sus jinetes. El mundo aún es desconocido y son lentos viajando.

—¡Yo quiero ir a Kengir!

Todas las dragonas hablaban de las ciudades humanas y aquella era la que más dragonas reclamaban para sus jinetes.

—Veremos quién viene en este tiempo y podrás decidir.

Los emisarios de las ciudades se acercaban a Draconia y lanzaban sus propuestas alabando a sus jinetes, brujas y brujos, y los logros de sus ciudades. Algunos ya eran muy conocidos y uno de ellos, Rul, de la ciudad de Trastara, pidió llamar a Aliana directamente.

La dragona se posó delante del emisario saludándolo con la cabeza.

—Si Alcar está lista nos gustaría que viniera a Trastara. Si es la mitad de valiente y aventurera que tú nos vendría muy bien su ayuda. Orcos y trolls, unos monstruos terroríficos, están empezando a atacar los caminos. Siempre se habían mantenido ocultos en las montañas pero han salido a los caminos. Y empiezan a ser demasiados. No sabemos de dónde pueden estar surgiendo, pero los exploradores o no vuelven, o llegan contando historias extrañas. Una dragona más nos vendría muy bien. Estamos adiestrando a una bruja joven, pero con mucho talento y mucho poder. Podría ser la jinete de Alcar.

Aliana miró hacia el bosque. Los seres humanos aún no sabían que los orcos y los trolls eran especies del dios Fuego, y que no hacían nada si este no se lo ordenaba. No eran especies inteligentes, como tantas otras que existían.

—Alcar aún tiene que aprender a dominar su fuego. Necesito un ciclo más para enseñarle.

Rul asintió.

—La bruja aún tiene que aprender más cosas, así que si te parece bien volveremos a encontrarnos dentro de un ciclo y decidiremos.

La dragona asintió despacio con la cabeza y hablaron del tiempo y de los descubrimientos que sus especies hacían.

JAR

Alcar recordó lo que le había contado Jar sobre sus poderes y cómo su madre le había enseñado a usarlos antes de que un emisario de Trastara también hubiera ido a su casa para llevárselas a la ciudad y adiestrarla.

En uno de sus viajes, muchos ciclos después, visitaron la casa, en la que ya vivía otra familia, a varios días de camino de la ciudad. No se acercaron, pero Jar la miró desde el bosque por el que pasearon mientras tocaba con cuidado y cariño aquellos árboles en los que había jugado. En uno de ellos las tallas de runas recorrían el tronco. Eran tallas antiguas pero sobrevivían oscureciéndose poco a poco.

—A mi madre no le gustaba que hiciera esto. Siempre me decía: «La magia se hace como la tela, tejiendo el hilo de la realidad. Y las runas son tus agujas.

Debes aprender a usar las que necesites en cada momento». Hilábamos todas las tardes y cosíamos, y las runas aparecieron entre mis manos. Veníamos al bosque para aprender a usarlas y saber cómo obtener la energía que se necesita para crearlas.

Alcar la escuchaba con atención. ¿Una bruja que podía no sólo invocar runas sino también crearlas? La opinión que se había hecho cuando la conoció, unos días antes a través de aquel encuentro y de lo que le habían contado las dragonas, empezó a cambiar. Jar no hacía amistades, sólo se centraba en encontrar a los orcos y trolls que habían matado a su madre. Draca le había contado que su carruaje había sido atacado en los caminos cuando se dirigía a Kengir y no había sobrevivido nadie.

Un emisario vestido de azul, Leilar, la había recibido junto a dos soldados.

—Saludos y bienvenida a la ciudad. Empezarás tu entrenamiento pronto, pero Draca te enseñará las cavernas donde puedes descansar y los cráteres donde puedes alimentarte.

Alcar agachó la cabeza en un saludo y carraspeó, nerviosa por hablar por primera vez con un ser humano.

—Saludos. Es un placer y un honor que recordéis mi linaje. Mi madre Aliana acompañó a varios jinetes de esta ilustre ciudad. Contribuyó a su seguridad y a varios descubrimientos importantes.

Leilar sonrió. Su pelo ya encanecía y había escuchado hablar de Aliana, que hacía ya cientos de ciclos que se había marchado. Su hija aún mantenía aquella manera rimbombante y arcaica de hablar. Todas las dragonas hablaban así y le gustaba mantener largas conversaciones con ellas. Él mismo había sido jinete cuando su pelo era oscuro y largo, pero aquellos ciclos ya habían pasado y no había vuelto a montar sobre los lomos de una dragona; prefería dejárselo a las jinetes jóvenes que manejaban las runas mucho mejor que él.

—Es un honor que tu familia siga acompañándonos para seguir explorando el mundo y el universo, conocer y hacer que esta ciudad prospere.

La dragona volvió a agachar la cabeza y siguió a Draca en su vuelo.

—Puedes usar la caverna que desees. Al amanecer vamos a la fortaleza en busca de los jinetes y empezamos nuestra formación. Faltan Reyar y Ariel, que se encuentran en una misión, pero mañana co-

nocerás a las demás y a tu jinete. Si quieres un consejo, ten cuidado con Jar. Ya han intentado que se con-
virtiera en la jinete de varias dragonas pero no quiere
seguir el entrenamiento. Eso es peligroso. Tienes que
aprender las formaciones que hacemos, son la mejor
defensa que podemos tener frente a los ataques de los
ejércitos de otras ciudades.

—Os seguiré en todo lo que pueda. Mi madre
me enseñó algunas formaciones, así que no tendréis
que empezar desde el principio.

Draca, en pleno vuelo, giró la cabeza hacia la
dragona a la que doblaba en estatura.

—Insisto, ten cuidado con Jar y con lo que te
pida. Mientras entrenes con nosotras todo irá bien.

Y se marchó dejando a Alcar buscando una caverna para ella.

Al día siguiente varias figuras aladas emergieron
de entre las montañas y Alcar las siguió de nuevo a la
ciudad. Ansiaba conocer a su jinete a pesar de lo que
le había contado Draca.

Las jinetes aguardaban en la fortaleza y fueron
subiendo por las cuerdas para llegar a las sillas. Luego salían volando. Alcar aguardó a que algunas de
aquellas humanas le hablara. Los soldados ya habían

amarrado la silla y las cuerdas descansaban por su costado derecho. Pero nadie se acercó.

El cielo, violeta, se fue aclarando hasta que el sol se alzó a lo lejos, pero cuando vio que las dragonas se dirigían a las puertas de la ciudad y que tambores y trompetas resonaban por las calles más abajo, también voló hacia las puertas.

Se posó sobre uno de los muros en los que los soldados se asomaban para ver qué ocurría.

Un ejército de seres extraños, que nunca había visto nunca, se agolpaba en el camino y los pastos que lo rodeaban.

—¿Quiénes son esos seres?

Un soldado que preparaba su arco le contestó.

—Orcos y trolls y, por la Diosa, que nunca había visto tantos juntos.

Alcar estiró el cuello para ver mejor aquellas figuras oscuras.

Una mujer, montada sobre una nube, se acercó a las puertas y habló.

«Marchaos y no os ocurrirá nada. Os permitiremos salir de la ciudad, os daremos unos días para hacerlo, pero marchaos para no volver nunca más».

El señor de Trastara salió al galope cuando se

abrieron las puertas pero no se alejó mucho de ellas.

«Estas son nuestras tierras, llevamos cientos de ciclos viviendo aquí y ningún ejército de monstruos nos lo van a quitar. Volved al mundo del que venís».

Y sin más se giró y volvió a entrar, mientras las puertas se cerraban a su espalda.

La nube volvió a moverse y el ejército también.

Las flechas comenzaron a llover desde los muros hacia el ejército, que también atacó. Alcar se elevó para ver que desde los flancos las dragonas se acercaban al ejército para lanzar llamaradas y sus jinetes proyectaban rayos que cruzaban los cuerpos de los orcos y trolls para dejarlos tumbados. Pero varias figuras que flotaban sobre nubes se acercaron y comenzaron a lanzarles rayos a su vez. La llanura se llenó de humo, flechas y pronto Alcar ya no pudo ver. Quería ayudarlos pero sabía que sin saber cómo se movían podía entorpecerles. Unos rayos comenzaron a salir también del muro central y varias de las nubes se centraron en aquel punto. De repente, una figura salió volando hacia el abismo que se extendía en el oeste de la ciudad y que usaban como defensa natural.

Alcar, sin pensarlo, salió despedida y, pegando las alas al cuerpo y estirándose todo lo que podía, se dejó caer para intentar alcanzar a la figura que lanzaba runas que no conseguía terminar. Cuando ya casi estaba llegando a ella volvió a girarse para sujetarla con una de sus garras y lo consiguió. El suelo se acercaba ya demasiado, pero entonces perdió el equilibrio y comenzó a girar sobre sí misma, golpeándose contra la pared de la meseta. Luchó por abrir de nuevo sus alas y, cuando ya casi estaba equilibrada y frenaba su caída, alcanzó la copa de los árboles.

Las ramas fueron parando su caída entre chasquidos, aminorando su velocidad. Aun así, Alcar cayó y al llegar al suelo su garra se abrió para dejar que rodara la mujer que había conseguido atrapar en el aire.

La dragona sintió cómo las escamas le vibraban por el esfuerzo y la carne que había debajo se resentía.

—¡Tenemos que volver!

—Ni siquiera sé si sigo viva y debemos coger impulso. Desde aquí no conseguiré llegar a lo alto.

Un chisporroteo salió de las manos de la mujer hacia ella y el dolor desapareció.

—Pues llévame cuanto antes. No podemos quedarnos aquí mientras destruyen la ciudad.

—Necesitarás algo a lo que agarrarte y no tengo silla.

La mujer, despeinada y con un hilillo de sangre corriéndole por el mentón, volvió a invocar una runa y las ramas de varios árboles comenzaron a correr por el cuerpo de la dragona.

—No te muevas.

Alcar notó cómo las ramas se entrelazaban dejando incluso una más larga para que la mujer pudiera trepar por ella.

—Ahora llévame de vuelta.

La dragona se alejó de la meseta para girar y comenzar a batir las alas lo más rápido que podía. Desde allí le costaría mucho llegar, pero si se alejaba más para lograr el impulso necesario tardarían demasiado. Pronto llegó a la pared y voló en vertical mientras la bruja hacía runas para protegerse de la caída y para ayudar a la dragona. Creó bolsas de aire debajo de cola y de sus garras, y apartaba los cuerpos que caían desde lo alto, donde la batalla se arrimaba más al abismo. Cuando Alcar ya creía desfallecer y que no podría mover más las alas, consiguió posar las patas en la tierra, rodeada de soldados que luchaban entre ellos. Jar movió los brazos, lanzando a los monstruos hacia el abismo y protegiendo a los soldados, lo que les permitió avanzar.

—¡Lanza fuego, dragona!

Alcar caminó. Necesitaba descansar un momento las alas o no podría volar de nuevo. Con su cola ahuyentó a los orcos que intentaban rodearla, pero la bola de fuego que tenía preparada se negaba a salir hacia un ser vivo.

—¿A qué estás esperando?

—Si quieres bajarte y seguir la lucha, hazlo, pero yo no atacaré a nadie.

Jar se deslizó por el lomo, entre protestas y Jar alzó el vuelo hacia la fortaleza. En la terraza las dragonas descansaban exhaustas por parejas.

—Trae a los heridos que encuentres y déjalos aquí para que los atiendan.

Y Alcar se dedicó a llevar a los soldados que se quedaban atrás y a ayudar a los carreteros que también salían de los muros para recogerlos. Así llegó el anochecer y el ejército de trolls y orcos desapareció de nuevo entre los bosques, al toque de los cuernos. Los exploradores buscaron sin descanso el ejército superviviente pero no encontraban nada.

—Es imposible que hayan desaparecido así. El camino para salir de la meseta está muy lejos y nadie sabía nada de orcos y trolls por la zona. A algún sitio han tenido que ir. Hemos avisado a las demás ciudades y fortalezas de la meseta y se están preparando para posibles ataques, pero nadie sabe nada.

La sala de reuniones, repleta de consejeros, capitanes y jinetes era un hervidero de discusiones. El señor, Taerh, aguardaba a que se tranquilizasen. Habían sufrido muchas bajas y si el ataque se repetía no podrían afrontarlo de nuevo.

Jar entró, con sus pasos cortos y rápidos, vestida de verde, destacando entre los uniformes de diferentes tonos de azules. Una runa recorrió la estancia llenándolo todo de chispas y todo el mundo guardó silencio.

—Ese ejército viene de la magia y en ella tenemos que buscar. Por muchos exploradores que envíes no encontrarás nada si desconocen qué es lo que tienen que buscar.

—¿Y tú lo sabes?

Taerh lanzó la pregunta en tono tranquilo. En su ánimo no estaba enfrentarse a nadie, sino en buscar las soluciones.

—No, pero sé seguir un rastro de magia y las demás jinetes también. Es lo que tenemos que hacer si queremos evitar otro ataque como este. Pero el ejército tiene que prepararse y reforzar los muros. Si vienen más brujas no conseguiremos hacerles frente.

Los murmullos se extendieron entre la sala.

—Traed los mapas y nos repartiremos por la meseta. Aunque vuelvan a atacarnos aún tardarán un tiempo en recomponerse.

Las mesas se colocaron y Taerh permitió que Jar organizara a las jinetes y dragonas. Lailar, a su lado, daba instrucciones a los soldados sin parar.

Jar invocó en la terraza a Alcar con una runa impaciente y escueta. Así serían todas sus llamadas.

Cuando llegó la dragona, entre varios mozos le colocaron la silla para la bruja.

—Necesito que escupas fuego, si no ¿de qué me sirve una dragona?

—No atacaré a nadie. Vine para explorar y conocer el mundo, no para ser una guerrera. Si es lo que deseas, en Draconia encontrarás otras dragonas dispuestas.

Jar hizo ademán de responder pero entonces se dio cuenta de que durante la caída en la batalla la dragona la había protegido. Incluso mientras sentía cómo se rompían ramas y caían troncos no había permitido que se hiciera daño.

Recordó una discusión con su madre por un vestido que se estaba haciendo. Le gustaba un chico del pueblo, y aunque no albergaba esperanzas de que ella pudiera gustarle —las brujas no solían ser bien recibidas por los demás a pesar de que les pidieran ayuda—, pensaba en él mientras lo cosía y ajustaba la tela todo lo que podía, para dejar más hombro y escote al descubierto sin que su madre se escandalizara. Pero a su madre lo que le asustó no fue que empleara menos tela, sino las runas de amor ingenuo con las que entretejía la tela. Jar ni siquiera era consciente de lo que hacía, y su madre deshizo el vestido.

—¡Pero mamá, no puedo ir de cualquier manera al baile de Beltane!

—Esta no es la manera de gustar a ningún chico. Si entretejes runas —y mientras deshilaba, las runas se deshacían en chispas— nunca sabrás si a ese chico le gustas de verdad o es por las runas o porque le enseñaste el hombro o el pecho. Tienes que gustarle por ser quien eres, o no merecerá la pena.

Jar había salido corriendo y llorando a la vez y se sentó en la orilla del río para pensar en las palabras de su madre. Nunca le gustaría a ningún chico si no hacía aquellas cosas. Las brujas no gustaban a nadie.

—El valor de las personas tenemos que medirlo en cómo son de verdad y no en cómo deseamos que sean. Y a nosotras mismas tenemos que medirnos también así. Irás a ese baile, pero tejeremos el vestido entre las dos y serás la chica más guapa de la fiesta, ya verás.

Y entonces Jar se dio cuenta de que aquella dragona poseía un valor que ninguna dragona guerrera tendría nunca. La dragona aguardaba, segura de que la desdeñaría y ya dispuesta a volar de vuelta hacia Draconia. Pero Jar se acercó y, subiendo por las cuerdas, se instaló en la silla.

—Practicaremos las formaciones y encontraremos a ese ejército que nos atacó. Luego nos iremos a explorar las estrellas.

Alcar respiró fuerte y sintió cómo su bola eterna de fuego burbujeaba de placer.

ALCAR

Aquellos días tan turbulentos la dragona necesitaba tomar baños casi a diario para mantener el ritmo del entrenamiento y el de las exploraciones. Parecía que Jar no dormía nunca y así lo demostraban su pelo siempre enredado en un moño despeinado y sus ojeras que ya no se marcharían en mucho tiempo. Incluso las demás jinetes se preocupaban de la chica, pero ella no daba su brazo a torcer.

Una noche mientras sobrevolaban las montañas del sur, siguiendo un rastro de pisadas de orcos, Jar enmudeció en medio de lo que estaba diciendo. Y Alcar buscó un pueblo donde posarse. Allí unos campesinos bajaron de la silla a la mujer agotada que dormía, por suerte, y la dejaron descansando en un pajar. Al día siguiente salía enredada entre mantas y con fiebre.

—¿Por qué no me has despertado?

—Estás enferma, no descansas lo suficiente. Te llevaré de nuevo a Trastara y vendrán otros jinetes para seguir la pista. Si continúas así pronto no tendrás fuerzas para usar las runas.

Las protestas de la mujer se sucedían mientras intentaba caminar hacia la dragona, pero volvió a caer y Alcar la atrajo con cuidado hacia una de sus patas y la mujer buscó entre sus garras el calor que su cuerpo perdía con la fiebre. Allí se acurrucó y Alcar, dudando, levantó su ala para taparla como había hecho tantas veces su madre con ella. Así permanecieron durante todo el día, hasta que Jar necesitó buscar agua y comida, y los campesinos volvieron para atenderla.

Siguieron buscando hasta que no quedó ninguna cueva, agujero ni hueco a los que Jar llegara con sus runas preparadas para ser lanzadas.

—No pueden haber desaparecido sin más.

—Deberíamos preguntarles a las dragonas más mayores. A lo mejor ellas saben algo que nosotras no hemos descubierto.

—¿Vas a llevarme a Draconia?

Alcar dejó escapar un sonido bronco, como hacía siempre que Jar le proponía un plan que no le gustaba.

—Draconia no es lugar para los humanos y menos para una tan impertinente como tú. En cuanto abras la boca te lanzarán al primer volcán que encuentren, por insolente.

Jar sonrió. Ya habían pasado varios meses desde aquel ataque y empezaba a entender a aquella dragona joven, por su tamaño, pero educada en normas tan arcaicas como las demás dragonas. No podía evitar sorprenderse a veces por la sabiduría de la dragona y otras por sus ideas tan conservadoras, como si fuera una anciana gruñona. Pero apeló a algo a lo que Alcar no podría rebelarse: a su orgullo dragonil.

—¿No vas a presentarme a Aliana, una de las más formidables dragonas que han servido a Trastara? Su fama la precede y es tu madre.

Alcar volvió a bufar.

—Si vamos las dos, me dejarás las preguntas a mí. No hablarás, casi no respirarás y no existirás aunque con lo pequeña que eres apenas notarán tu presencia.

Jar enrojeció. Era cierto que Alcar había doblado su tamaño en aquel tiempo y que ella no crecería más.

—¡Respetaré las normas de tu pueblo, dragona insufrible!

—Oh, sí. Como las respetas aquí. Draca ya era adulta cuando la abuela de tu abuela había nacido pero no la tienes en consideración.

Jar se quedó petrificada.

—¿Quieres decir que trato mal a las dragonas?

—No las respetas. De eso estoy segura. Ni a sus jinetes que son bastantes más mayores que tú.

Jar echó a caminar por el bosque en el que descansaban, internándose entre los árboles. Alcar no podía seguirla por la estrechura del camino.

—¿A dónde vas? Los soldados no han explorado el bosque todavía. Puede ser peligroso. ¡Jar! ¡Jar!

La dragona se elevó sobre los árboles, siguiendo a la figura que caminaba, pero las copas no le permitían verla todo el tiempo.

—Si te atacan ahí no voy a poder ayudarte. ¡Sal de ahí!

Pero la mujer siguió caminando, contrariada por lo que le acababa de decir la dragona. Las manos chisporroteaban y cuando alzó la vista, jadeando por el esfuerzo, se encontró con varias miradas poco amistosas. Las runas comenzaron a chisporrotear y Alcar pudo ver cómo Jar corría entre los árboles y varias figuras oscuras la perseguían.

—¡Hacia tu derecha! ¡Rápido!

Jar giró para llegar a un claro donde la garra de la pata de Alcar la atrapó en pleno vuelo para alejarse de allí, esquivando lanzas y flechas.

—¡Oh, por la Diosa! ¡Van a matarte!

Pero Jar sonreía.

—¡Los hemos encontrado!

Pero cuando los soldados llegaron ya no había ningún rastro que seguir.

Varios días después viajaban a Draconia, donde Aliana aguardaba en su caverna. Admiró la silla que habían construido para que llevara su hija, resistente y a la vez ligera, y saludó muy solemnemente a la jinete tan joven que la acompañaba.

Luego, maravillada por lo grande y fuerte que se había vuelto Alcar, juntaron sus morros. Esta vez no tuvo que agachar el cuello, ni su hija tuvo que alargarlo. Y también se dio cuenta del cambio de color de las escamas de su hija. Alina se sintió, de repente, vieja junto a aquellos seres tan jóvenes que la visitaban. Jar las observó, emocionada y agradecida por disfrutar de aquel encuentro. Las dragonas siempre le habían parecido muy frías y distantes, incluso entre ellas. Tragó saliva mientras le llegó el recuerdo de sus manos y las de su madre, trabajando sobre los hilos. Suspirando, se giró para observar las vistas de las montañas que podía contemplar desde aquella caverna.

Alcar le contó lo que ocurría con los orcos y los trolls y fueron a ver a las dragonas más antiguas, que arrastraban sus patas, mientras otras dragonas más jóvenes las vigilaban en las cavernas.

—Hay muchas maneras de viajar entre los mundos. Una de ellas es volando como hacemos nosotras, pero hay puertas entre ellos, pasadizos mágicos. Pero por lo que contáis, para que los orcos y trolls puedan viajar tan rápido y tantos a la vez, alguien debe de estar abriendo más puertas mágicas. Las podéis encontrar en las cavernas. Si veis pisadas que de repente desaparecen, probablemente haya una puerta ahí escondida. Buscad en los lagos y en las montañas.

—¿Y esas puertas pueden destruirse? —En el momento de pronunciar la pregunta, Jar se arrepintió y miró hacia Alcar.

—Mi amiga humana quiere saber si de alguna manera…

La dragona anciana miraba como despistada hacia la humana. Hacía muchos ciclos que no veía a ninguna.

—Se necesita mucha magia para cerrarlas pero podéis construir un muro, o taparlas con piedras o apostar soldados. Es mejor que invertir mucha magia en ellas, a no ser que exista alguna bruja o brujo muy poderoso. Aún así tardaría en recobrar la energía mucho tiempo cada vez que consiga cerrar una.

Lo que la anciana dragona no les contó era que orcos y trolls eran seres del dios Fuego y que si estaban atacando así de esa manera tenía que ser porque el dios lo deseaba. Lentamente caminó hacia la entrada de la caverna para asomarse y ver su mundo. Algunas dragonas enseñaban a sus crías a volar, mientras que otras pasaban volando o hablaban entre ellas. Avisó a sus cuidadoras. La especie dragona tendría que reunirse para hablar de aquello antes de que pudiera ser demasiado tarde.

Jar y Alcar pasaron unos días más allí. Jar descansaba en la fortaleza, donde los emisarios de las ciudades llegaban con sus peticiones para dejarle a Alcar tiempo con su madre. Allí habló con ellos para saber si habían recibido algún ataque. Uno de ellos, Kur, de la ciudad de Wasa, salía montado a caballo y acompañado de varios soldados mientras cuatro dragones les sobrevolaban para dirigirse a la ciudad.

Algo no le cuadraba de aquello. Wasa no se distinguía por el respeto hacia los dragones, las jinetes no eran brujas ni brujos, y solo sabían guerrear. El pacto entre ciudades que habían firmado hacía unos ciclos era lo único que había permitido que no trataran de invadir Trastara u otras ciudades, pero siempre buscaban la manera de entrar en conflictos por tierras de labranza para ir acaparando más. No le gustaba Wasa y no entendía cómo podía marcharse aquel emisario enviando nada menos que a cuatro dragonas. Pero el pensamiento volvió hacia las puertas mágicas y dejó el tema pendiente para comentárselo a Lailar cuando se vieran.

Al volver al bosque, Jar dirigió sus pasos a donde los trolls la habían perseguido. El bosque estaba lleno de soldados ocultos y varias dragonas y sus jinetes sobrevolaban las copas de los árboles. Entonces vio la puerta, entre tres piedras que no podían estar así por casualidad. Una niebla muy fina salía de allí. El capitán se acercó con la espada en la mano, con cuidado, pero Jar se le adelantó.

—Voy a entrar.

—Pero mi señora, no sabes lo que puedes encontrarte al otro lado.

—Llama a tres soldados para que me acompañen.

Tres soldados de labios apretados prepararon sus arcos y flechas y siguieron a la mujer entre la niebla

Al poco salieron corriendo y llenos de polvo blanco.

—¡Rápido! ¡Nos persiguen! Tenemos que taparlo.

Ya había varias piedras enormes que las dragonas habían transportado y que aguardaban para volver a levantarlas y colocarlas en la puerta.

Cuando las rocas ya descansaban, encajadas en la puerta, escucharon los gruñidos al otro lado y algo metálico golpeó las piedras.

—Montaremos un puesto de vigilancia aquí.

Las puertas entre los mundos tenían las más variadas formas. Las encontraron en el fondo del mar, en medio del bosque, dentro de árboles, en sótanos de casas… y las fueron cerrando como podían. Pero también descubrieron que existían otros mundos que no eran de Fuego y a Jar le fascinaban.

—Cuando estemos a salvo los exploraremos y escribiremos sus historias para que quien quiera pueda leerlas.

Alcar asentía con la cabeza y seguían volando juntas.

La ciudad de Wasa mandó emisarios para convocar una reunión que pretendían que se celebrase en Trastara al encontrarse en el medio de la meseta y todos los señores estuvieron de acuerdo.

Varios días después empezaron a llegar las comitivas. Las dragonas sobrevolaban la ciudad y los caminos estaban llenos de puestos de vigilancia.

—¿No te parece extraño que precisamente los señores que siempre protestan por las alianzas hayan sido quienes propongan esta reunión?

—Sus tierras estarán empezando a ser atacadas también. Nunca se sabe qué es lo que piensan.

La reunión estaba a punto de comenzar y los fuegos se extendían por la terraza de la fortaleza. Habían decidido celebrarla allí para acoger al gentío.

Se prepararon las sillas y cada rey iba acompañado de un consejero que aguardaba a su lado de pie.

Cuando el consejero mayor de la ciudad comenzó a hablar, la terraza se llenó de rayos y de gritos.

En la ciudad empezaron a verse fuegos por las casas y Alcar y Jar intentaron acercarse, pero los rayos se concentraron en las dragonas que la sobrevolaban. Poco a poco fueron cayendo todas. Jar saltó de la silla y, rodando, cayó entre el gentío que corría disperso. Varios de los consejeros eran los que los lanzaban mientras que sus señores atacaban a quienes se les acercaban.

Jar protegió a los miembros del consejo y corrió hacia el primer hombre que lanzaba rayos mientras que otras jinetes aparecían a su lado para ayudarla.

Alcar miró más allá del promontorio. Varios ejércitos se acercaban a la ciudad. Cuando los sobrevoló no podía creerlo ¿De dónde habían salido?

Planeó, amenazándolos con sus patas, cercándolos entre el fuego pero sin atacarlos directamente. Esperaba que algún otro dragón llegara pero ninguno lo hizo.

Contuvo al ejército todo lo que pudo hasta que llegaron a las puertas de la ciudad. Ya cerca del abismo, un rayo que llegaba del ejército la lanzó hacia atrás y cayó.

Empezó a mover las alas, pero algo ocurría. Su cuerpo comenzó a arder y no conseguía mantener el equilibrio. El cielo iluminado por una luna llena inmensa se alejaba cada vez más y se desmayó.

El mundo era frío, el rocío aún permanecía en las ramas de los árboles y en la hierba, y en ese momento no pudo evitar el recuerdo de su nacimiento. ¿Cómo podía sentir aquel frío de nuevo? Mareada, buscaba la manera de ponerse en pie, pero su cuerpo ya no estaba allí.

Se levantó con cuidado y, entre el dolor de aquel suelo duro y que sus patas no le hacían caso, volvió a caer. Entonces vio aquellas manos. Se las quedó mirando sin creerlo y bajó la cabeza para ver unas piernas y un cuerpo desnudo y humano donde tendría que haber escamas y unas garras.

Se tocó el cuerpo y, levantando los brazos, se palpó la espalda; sus alas ya no estaban allí. Llevó sus manos al rostro, recto y alargado, y buscó un charco donde mirar a aquella desconocida de pelo largo y blanco, mojado y pegado a la cabeza, y entonces recordó el dolor que le había atravesado el cuerpo mientras caía.

Temblando de frío y encogida sobre sí misma, caminó acercándose a la pared que se elevaba hacia la meseta. Por allí no podía subir. Recordó que existía un camino pero le llevaría un tiempo encontrarlo y recorrerlo con aquellas piernas. Su cabeza pensaba e intentaba con aquellas manos crear runas para devolverla a su forma, pero las sentía torpes y sin fuerza.

Invocó a los elementales del Aire y del Agua. Una espiral de agua se remontó ante su mirada.

—Necesito ayuda.

Un remolino de aire tenue giró alrededor de su cuerpo.

—Tú eres una dragona. ¿Por qué tienes forma humana?

—Alguien me lanzó un hechizo. ¿Podéis devolverme mi cuerpo?

El agua rodeó sus piernas y empezó a girar deprisa, pero no ocurrió nada.

—Es una maldición poderosa, pero los humanos sabrán ayudarte.

—No puedo presentarme así.

—Hay una familia fauna que vive en este bosque. La avisaremos y te acogerá.

Alcar agachó la cabeza a modo de saludo y las formas desaparecieron. Se sentó en la hierba, al resguardo de un castaño, encogida y alerta por si llegaban soldados.

Se quedó dormida del agotamiento y antes de abrir los ojos, sintió un tacto nuevo y, sobre todo, calor. Una manta la tapaba por completo y una fauna aguardaba sentada a su lado.

—No quería molestarte y tenías cara de cansada. Será mejor que me acompañes, los humanos están cerca. Me llamo Tar.

La mujer se levantó, tapándose con cuidado, y caminó de manera torpe, tropezando con todo y quejándose por las piedrecitas que se le clavaban en aquellos pies tan tiernos todavía. La fauna aminoró su paso al ver cómo caminaba aquella humana.

Se internaron en el bosque por sendas que ningún ser más podía seguir hasta llegar a un lugar tan poblado de árboles que todo se mantenía a oscuras.

—Aquí estaremos seguras.

—¿Sabes lo que ocurrió en Trastara?

—Sólo que hubo fuego. Han caído cuerpos, muchos. No sé si habrá quedado algo de la ciudad, pero el humo puede verse desde aquí.

Alcar apuró la mirada hacia arriba pero no conseguía ver nada.

Varias figuras muy altas salieron de entre los árboles para observar con curiosidad a aquella mujer de pelo tan blanco que parecía que brillaba en aquella penumbra y que mantenía la mirada agachada.

Tar masticó unas hierbas para formar una pasta que untó en los doloridos pies de la mujer.

—Tú no eres humana. Puedo verlo en tus ojos—. La fauna acercó su rostro y fijó su mirada sin pupila en la de Alcar— ¡Esa mirada es la de una dragona!

—Alguien, una bruja, me ha lanzado un hechizo. Necesito volver a la ciudad y ver si ha quedado algo y encontrar a Jar.

—¿Quién es Jar?

—Mi jinete y mi amiga. Ella se quedó para defender al consejo, y yo fui a evitar que los enemigos se acercaran, pero no lo conseguí.

—Eres muy joven todavía. ¿Y crees que te reconocerá así?

Alcar negó con la cabeza y se encogió más entre las mantas.

—Tendré que convencerla.

La fauna seguía extendiendo la pasta por las piernas y por las heridas de la mujer.

—Con los pies así no llegarás a ningún sitio. Te conseguiremos más abrigo y te ayudaremos, pero ahora necesitas descansar.

Un fauno enorme se acuclilló a su lado y empezó a preparar una hoguera.

—Creía que los seres del bosque no usabais el fuego.

La fauna sonrió.

—Aiwá no es un fuego común. Es la luz que alumbra la oscuridad sin retorno, la que fue creada por los sueños de la Diosa. Aiwá es la luz que ven los bebés cuando nacen y abren por primera vez los ojos. Es la luz del universo, una llama que ahuyenta a quienes acechan entre las sombras. Y desde que el dios Fuego y sus huestes amenazan los mundos de la Diosa, es el único fuego que podemos encender sin invocar su poder y sin que nos haga daño a nosotras ni al bosque.

Alcar fijó su mirada en la llamita sobre la que el fauno soplaba con cuidado y a la que iba añadiendo ramas. Las imágenes empezaron a bailar, orcos y trolls recorrían los bosques y atacaban a los humanos. Vio las alas de cientos de dragones por el cielo, en cuyos lomos jinetes viajaban en busca de nuevos lugares que habitar, huyendo de la violencia de algunos de los hombres. Así fue cerrando los ojos y durmiendo rodeada de faunos y faunas que la observaban con curiosidad.

Dos días después ya podía ponerse las botas que le habían traído, junto a la ropa de lino que habían intercambiado en un pueblo humano por frutos del bosque. Tar le enseñó a usar la jabalina, construyéndole una. Entrenaban en el bosque hasta que Alcar se agotaba.

—Cruzarás varios bosques en los que viven familias centauras. Cuando vean la jabalina te ayudarán en lo que puedan también y estarás a salvo.

Alcar asintió.

—Sois muy amables.

Tar se encogió de hombros mientras sacaba una flauta y se la acercaba lentamente a la boca.

—Somos seres de la Diosa y las cosas se pondrán muy difíciles, tenemos que ayudarnos.

Echó a andar en la dirección que le habían indicado. Se le hacía muy costoso caminar. Echaba de menos sus alas y a veces se sorprendía intentando mover unos músculos que ya no estaban allí, aunque los sentía como una sombra.

Y las niñas y niños faunos corrieron delante de ella gritando de alegría y jaleándola. Alcar se sorprendió a sí misma corriendo de aquellas pequeñas figuras que la acompañaron hasta el final de aquel bosque.

Sonrojada y respirando deprisa siguió caminando a buen paso por las sendas ocultas que le habían enseñado a seguir aquel pueblo fauno.

Caminó hasta que sus pies se encallecieron. Los remojaba siempre que podía en los riachuelos y arroyos que se encontraba. Allí hacía sus paradas. Descubrió aquel placer, unido al olor de las piedras mojadas y de la tierra. Disfrutaba observando a los animales y sobre todo, tocándolos. Con cuidado sujetaba por las alas a las mariposas y las acariciaba. Aquellas manos que creía torpes se habituaban a ser usadas, aunque seguía tropezándose en el bosque y tuvo que reforzar su ropa sobre todo en la que cubría sus rodillas y codos.

La fauna le había enseñado a trenzar aquel pelo largo y blanco. Se lo enrollaba en la cabeza o se lo soltaba y ataba las trenzas finas y realizadas con mucha paciencia con trozos de cuerda.

Todos los días comenzaba corriendo, para seguir a buen paso. La subida a la meseta se hallaba más lejos de lo que creía y parecía que no la alcanzaría nunca.

Pero empezó el ascenso a través de un sendero estrecho y casi abandonado. Cuando alcanzó la meseta ya habían pasado tres noches y se encontró con una ciudad arrasada.

Los fuegos recorrían los edificios y habían dejado los cuerpos allí donde habían caído. Corrió hacia la fortaleza y buscó entre las ruinas, pero no encontró a Jar. Se asomó a la terraza mirando, buscando por dónde y a dónde se la habrían llevado y, tras pensar, volvió sobre sus pasos. Sólo podrían haberse llevado a los supervivientes a un sitio: a las tierras de Wasa. Había visto a su señor y a los consejeros atacar al resto en la reunión e invocar runas contra las dragonas. En aquella ciudad algo ocurría y tenía que averiguar qué era.

La ciudad bullía y escurriéndose por las esquinas se fue acercando a la fortaleza. Preguntó a algunos mozos por los prisioneros.

—Fue una gran victoria. Conquistaremos esta parte del mundo, pero nuestros aliados son un poco perturbadores. Orcos y trolls se pasean por la ciudad y a veces dan problemas. Son unos salvajes. Y menos mal que los minotauros ya se marcharon, porque son muy grandes y van chocando y empujando a todo el mundo.

—¿Y no han apresado a ningún dragón?

—Oh, sí. Los han llevado a la fortaleza de Eleastar junto con las brujas y brujos. No sé qué les harán allí pero no será nada bueno. Las escamas de dragón están muy valoradas por los magos, seguramente aprovecharán todo ese poder.

Alcar apretaba el vaso de cerveza del que bebía, conteniendo su ira mientras el mozo seguía bebiendo y hablando sin parar.

JAR

En medio de la batalla, corrió hacia el abismo por donde Alcar había caído para esperarla. Estaba segura de que se elevaría como la vez que se había lanzado a por ella, pero la dragona no volvió a aparecer y los minotauros avanzaron sobre la ciudad. Retrocedió hacia la puerta y un jinete montado a caballo la recogió para llevarla al interior de la ciudad, antes de que las puertas se cerraran para evitar que los enemigos entraran. Durante horas resistieron defendiendo los muros, pero la puerta acabó por ceder y la lucha se extendió por las calles, mientras sus habitantes corrían hacia la fortaleza. Las jinetes y las dragonas empezaron a caer o heridas o arrastradas por redes reforzadas. Los consejeros, desde la terraza, intentaban evitar aquella marea de monstruos que rugían y prendían fuego a las casas de la ciudad. Barrios enteros ardían y Jar se vio arrastrada por los pasillos secretos de la fortaleza, cuando la puerta comenzó a ceder. Les gritó a los capitanes para que le permitieran quedarse.

—Mi señora, tenemos órdenes de proteger a la gente y que tú no sigas en la ciudad. Te llevaremos a Kengir.

—¡No voy a permitir que las demás mueran mientras yo huyo!

En otro momento, el capitán hubiera retrocedido frente a la furia de aquella mujer tan poderosa. Pero la situación era tan urgente y tan peligrosa que lo único que hizo fue darle un golpe en la cabeza, ordenar que se llevaran aquel cuerpo inerme por el pasadizo secreto y girarse hacia la otra puerta rodeado de sus soldados para correr por los pasillos.

Cuando despertó, el chichón de la cabeza le dolía horrores. El mundo se bamboleaba y al incorporarse vio que iba en una carreta, que era noche cerrada y que poca gente la acompañaba.

Aún se olía el humo y a lo lejos podían verse las luces de la ciudad, detrás de los bosques que ya habían recorrido mientras seguía desmayada en la carreta.

—¡Para!

La carreta frenó y se bajó.

—Mi señora, nos perseguirán cuando vean que hemos huido. Tenemos que seguir.

Los soldados no perdían la vista de los bosques que los rodeaban.

Otras jinetes, malheridas, viajaban en las carretas que las seguían y que también se habían parado.

—Vamos, Jar. Nos repondremos y volveremos a recuperar Trastara, pero ahora no es el momento. Alcar ha desaparecido y las demás dragonas han sido apresadas; la Diosa no quiera que los hayan matado.

—Seguid vosotras. Investigaré a ver a dónde se llevaron a los prisioneros.

Jar se acercó a un soldado y le pidió sus armas y un macuto con provisiones.

—¿Vas a ir caminando?

—No voy a esconderme en Kengir. Os alcanzaré más tarde.

—Pero los consejeros…

La mirada de Jar acalló las voces y los murmullos y echó a caminar saliéndose del camino. En aquella penumbra, se sentó un momento para pasarse un trapo mojado por el rostro que le ardía de furia, de miedo y de dolor. Le resultaba imposible pensar que la dragona estuviera muerta. Se necesitaba un ataque mucho más mortal para conseguir acabar con alguien tan formidable, pero la dragona no había vuelto a ascender. Podría haberse roto un ala, o haberse desmayado como ella misma. Apenas tenía fuerzas para esbozar una runa pero lo intentó esperanzada. Y después, tras asegurarse de que aún no había enemigos cerca, comenzó un ritual para la Diosa, que le había enseñado su madre, para recuperar la energía después de usar demasiado las runas. No le devolvería el vigor enseguida, pero le permitiría recobrar la tranquilidad. De entre su vestido sacó varios hilos, con cuidado para que salieran lo más enteros posible, y se tejió, preparando varios palitos, una pequeña pulsera que se colocó en la muñeca, mientras entonaba una canción que hablaba de las redes y de los tejidos del mundo. Una luz tenue alumbró la pulsera por un momento y echó a caminar, con la mano reposada en el mango del espadín que el soldado le había dado. Lograría encontrar a quienes habían quedado atrás. Y haría todo lo posible para encontrar a Alcar.

ALCAR

Se marchó de la ciudad y acampó en el bosque. Pensó en cuál sería la manera de ayudarlos. Su tierra, Draconia, se encontraba muy lejos para ir a pedir ayuda. No podía invocar las runas y no sabía luchar ni mucho menos cómo entrar en una fortaleza que estaría bien vigilada. Los brujos y brujas que podían devolverle su forma habían sido hechos prisioneros o estaban muertos. Y las demás ciudades habrían sido absorbidas al matar a sus regentes en aquella reunión. Sólo se le ocurría ir a Kengir en busca del mago más poderoso del que todo el mundo hablaba, Ask, pero no sería un camino fácil.

Invocó de nuevo a los elementales de Aire y Agua y les preguntó por los seres del bosque. Le hablaron de las dríadas, los centauros y de más faunos, pero también de monstruos con los que tendría que tener mucho cuidado.

Caminó, poco más podía hacer. Se encontró con dríadas que la ayudaron a cruzar los bosques y con pueblos centauros. También se enfrentó a peligros de los que siendo dragona, no había sido consciente: una serpiente venenosa le mordió y se quedó tumbada, con fiebre, soñando con pesadillas hasta que una mujer y su hijo la recogieron y la llevaron a su cabaña.

—Has tenido suerte, esas mordeduras no acaban bien. Lind te encontró a tiempo para sacarte el veneno.

Alcar se miró la pierna aún ennegrecida, cubierta de emplastos y miró a la mujer.

—Sí. Soy una bruja. Pero no te asustes. No vamos a comerte ni a absorberte las energías. Eso se lo dejo a mis hermanas seguidoras del dios Fuego.

Alcar sujetó la taza humeante que le tendió la mujer.

—Mi mejor amiga es una de las brujas más poderosas del mundo, o eso dicen. No me asustaré por lo que puedas hacer y menos si puedes salvarme la vida y, ¡por la Diosa!, conseguir que desaparezca este dolor.

La mujer la miró a los ojos durante un momento y Alcar agachó la mirada, incómoda.

—Ahora descansa.

—¿Cuándo crees que me curaré? Necesito proseguir mi camino.

—Aún no ha salido todo el veneno y la pierna te seguirá doliendo unos días. Tómatelo con tranquilidad porque tardarás en recuperarte.

Así lo hizo. Lind era leñador y todos los días salía con su carreta al bosque. Y Marla cultivaba una huerta y cuidaba de los animales que poseían. El chico le fabricó unas muletas sencillas para que pudiera levantarse de la cama, y pasaba mucho tiempo sentada afuera, pensando y observando a la mujer en sus quehaceres. Nunca se había fijado en la gente de la ciudad ni en todo el trabajo que les exigía conseguir el alimento y las cosas que necesitaban. Ellos no tenían escamas que les protegieran del frío, del calor y de las heridas. El alimento no les resultaba fácil de conseguir y vivían muy poco tiempo. La mujer recibía visitas, sobre todo al anochecer, de mujeres con las que entraba en el pajar para salir al rato. Las mujeres, tapadas, echaban a correr con cara de susto y la mujer no hacía comentarios sobre aquello.

Un día se agazapó detrás del pajar, posando las muletas en el suelo con cuidado, y miró por un ventanuco. La mujer hablaba con ellas.

—Si no me caso pronto, seré una deshonra para mi familia. Pero los chicos del pueblo no se fijan en mí.

—¿Qué me traes?

La chica posó el macuto que traía en el hombro y lo abrió.

—Es harina y te traeré más si alguno empieza a cortejarme.

—Bien. Te daré un ungüento. Tienes que tomártelo todos los días y beber el agua de la fuente del pueblo. No vale la del río.

La mujer la miró por un momento asombrada, asintió y se marchó guardando el ungüento entre sus ropas. La bruja vio por la ventana a Alcar y salió a su encuentro.

—¿Por qué el agua de la fuente del pueblo?

—Marilia es la hija de la molinera y se pasa el día en el molino. Su madre no la dejar ir al pueblo y ahuyenta a los pretendientes. No se fía de quien se acerque al molino y lleva ella misma la harina para intercambiarla en el pueblo. Pero a Marilia no la ve nadie nunca. Ir a la fuente permitirá que los mozos del pueblo, algunos por lo menos, se acuerden de que existe.

—¿Y el ungüento?

—Es una hierba para el catarro, que ya empieza la época. No le vendrá mal y no todo necesita de la magia para que funcione. Usarla exige un gasto de energía que luego es necesario reponer. Si la usara con cosas que las hierbas y el sentido común pueden solucionar no tendría esa energía para cuando la necesito de verdad, como cuando hay un parto complicado o una enfermedad que nadie sabe cómo curar…

Alcar sonrió.

—No pongo en duda tus métodos, te lo aseguro.

La mujer sonrió a su vez.

—Tampoco pregunto sobre tus ojos extraños y tan negros, y esa falta de necesidad de parpadear.

Alcar agachó la cabeza sonrojándose.

—Sólo se nota cuando llevas un tiempo mirándolos. Pasarás desapercibida, y no te haré preguntas, pero a cambio sí que te voy a pedir una cosa y es que no vuelvas a asomarte por aquí cuando vienen a visitarme. No me importa lo que escuches o veas, pero si te ven espantarás a las mujeres, y créeme que pocas son las que vienen buscando fórmulas para casarse. Los problemas que traen suelen ser importantes y muy serios.

Alcar asintió.

—No me acercaré más, te lo prometo.

La mujer le dedicó una sonrisa rápida y se dirigió al corral.

Alcar, con las muletas, renqueó detrás de ella.

—Pronto podrás pisar bien. Deberías descansar más.

—No puedo quedarme sentada, yo necesito marcharme ya.

Marla paleó la tierra.

—Me gustaría ayudarte.

—Puedes cocinar. Hay huevos frescos y verduras.

Alcar volvió a sonrojarse y Marla se echó a reír.

—No preguntaré, pero no dejaré de pensar en mis conjeturas. Eres de una especie que no necesita cocinar, puesto que no sabes, y sólo llevabas en tu bolsa cuando te encontramos frutas y jamón cocido. Tu pelo parece del norte aunque hay algo en ti que se me parece a alguien o a algo, pero no sé qué puede ser.

Alcar echó a caminar hacia la casa y Marla la siguió.

—Aquí no corres peligro, si es lo que te preocupa. Y ninguna especie, menos los monstruos que atacan estas tierras, me asusta. Más allá encontrarás a faunos y centauros y otros seres. Ninguno me da miedo si no se dedican a destruir.

Alcar entró en la casa, como si no escuchara a la mujer que le seguía. Ya dentro se sentó en la silla y apartó otra invitando a la mujer.

—Vengo de las tierras del norte, sí; y vivía hasta hace poco en Trastara, hasta que fue destruida.

—Sí. Los rumores sobre los señores son terribles, pero estamos lejos del peligro.

—Yo acompañaba a una bruja, muy poderosa y joven también. La estoy buscando, pero para llegar a ella necesito volver a ser quien soy de verdad.

Marla frunció el entrecejo.

—Jar es mi compañera. Mi jinete, yo soy...

Pero no pudo terminar la frase. Marla se quedó pálida.

—¡Por la Diosa! ¡Pero no es posible! ¿Eres una dragona?

Alcar se frotaba la manos, nerviosa.

—¿Sabes lo que se necesita para tener un poder tan enorme como para transformar a una dragona en humana o en lo que sea? Las escamas no sólo te protegen de los ataques físicos, también de los mágicos.

—Había más dragones a los que atacaron, y sus escamas…

Marla la miró horrorizada.

—Matar a un dragón para usar sus escamas es lo más ruin que se puede hacer.

—No han matado sólo a uno.

Marla se levantó y empezó a caminar por la casa.

—Vas entonces a Kengir. A buscar a Ask.

—Es la única opción que tengo si quiero volver a mi forma. Y con ésta poco puedo hacer para ayudar a Jar.

—Bien. En cuanto te repongas y va a ser pronto, te acompañaré en tu viaje. No lograrías acercarte a Ask tú sola y menos convencerle para que te ayude.

Marla se arrodilló frente a Alcar y estiró con cuidado la pierna de esta. Sobre los emplastes pasó su mano, despacio y Alcar empezó a sentir un hormigueo. Marla se levantó y puso un cuchillo sobre las ascuas del hogar y siguió pasando su mano sobre los emplastes. Luego sujetó el cuchillo con la hoja al rojo vivo.

—Esto te va a doler, pero será un momento.

Con un brazo rodeó la pierna herida y con la otra pasó el cuchillo a la altura de la espinilla, en un corte largo y rápido. Alcar gritó y cayó desvanecida por el dolor, mientras que por el corte, el rojo de la sangre y el negro del veneno salían a borbotones. Marla siguió tocando aquella pierna hasta que sólo salía sangre, y luego le limpió la herida y se la cosió. No habría podido levantar a Alcar, así que le echó una manta por encima y sujetó su cabeza para que descansara en su regazo. Le limpió el sudor de la fiebre que estaba empezando a subirle con un paño limpio y mojado, y se quedó allí, perdida en sus propios pensamientos mientras acunaba la cabeza de la mujer dragona.

Al día siguiente sólo le dolía la herida.

—En cuanto se cierre un poco más, saldremos de viaje. Voy a preparar unas bolsas.

—Esto puede ser peligroso para ti y Lind no puede quedarse solo.

La mujer la miró y sonrió.

—He sido humana desde siempre, sin alas ni escamas que me protegieran. Lo primero que aprenden los niños y las niñas del pueblo en cuanto pueden caminar es a evitar las mordeduras de serpiente y si no pueden evitarlas, saben cómo sacar el veneno antes de enfermar. Y créeme que no es lo mismo hablar con un mago como Ask siendo una dragona que siendo humana. Aunque con lo soberbio que puede llegar a ser sería capaz de no hacerte caso si llegaras volando.

—Parece que lo conoces bien.

—Así es. Es el padre de Lind y no me preguntes por qué no vivimos en Kengir con él. Es una historia demasiado triste para contarla. Nos recibirá y puede que te devuelva a tu ser, aunque querrá estudiarte como un bicho raro.

Alcar encogió los ojos y asintió con la cabeza.

—Está bien, iremos a Kengir juntas.

Viajaron en carromato, atravesando bosques y llanuras. Alcar advirtió que la bruja era conocida incluso cuando ya llevaban unos cuantos días de viaje y desde algunas granjas salían con alimentos o las invitaban a descansar en sus pajares. Incluso la bruja visitaba a algunas personas a petición de otras. El viaje le resultó tranquilo a Alcar que, aunque exasperada por la lentitud, se sorprendía disfrutando bañándose en los ríos, o sentada en la mesa de alguna familia, con alimentos sencillos y sabrosos y niños y niñas saltando a su alrededor. Solía permanecer en silencio, observando y recordando los juegos en la caverna, cuando era una dragoncita y era del mismo tamaño del diente más pequeño de su madre. En una de las granjas, la hija mayor le pidió que la ayudara en el huerto. Azorada, no sabía cómo decirle que no tenía ni idea de lo que había que hacer, y acompañó a la chica, procurando fijarse en lo que hacía con sus manos para repetirlo. Al cabo de un rato, la chica se echó a reír.

—Pareces una noble. Esas manos no han trabajado la tierra, ni esas piernas pasado mucho tiempo de pie.

Las dos se encontraban arrodilladas sobre un surco de tierra que iban removiendo para echar unas semillas.

—Ni siquiera sabes lo que estamos plantando ¿Verdad?

Alcar sonrió, sin saber muy bien qué hacer ni qué decir.

La chica se levantó, soltando la cesta con las semillas.

—Lo terminaremos antes de cenar. Ahora acompáñame al granero.

Alcar se levantó, también, sacudiéndose la tierra de las perneras de sus pantalones.

—¿Y allí qué vamos a hacer?

La chica se rió.

—¡De qué mundo te habrás caído!

Durante la cena, en la que dos niñas y dos niños no paraban de hablar, Alcar permaneció muda y Marla se dio cuenta, cuando Tila le tendió un cuenco con comida a la mujer dragona, de cómo se miraban: Tila con el rostro enrojecido, brillante y luciendo una medio sonrisa que no abandonó en toda la cena, y Alcar con una mezcla de estupefacción y vergüenza. A punto estuvo de romper en carcajadas en cuanto se dio cuenta de lo que ocurría y en el granero, envueltas en mantas a punto de apagar la vela, no pudo evitar preguntarle.

—Hoy has aprendido muchas cosas con Tila, lleváis todo el día juntas.

Alcar, saliendo de su ensimismamiento asintió con la cabeza.

—Sí, la he ayudado con la siembra un rato.

—Y aquí en el granero también estuvisteis, os vi entrar.

Alcar estiró la manta para tapar su rostro, pero a pesar de su juventud aún era bastante mayor que aquella bruja y sabía por lo que le estaba preguntando.

—Es todo muy extraño. Hay cosas que hacéis que no comprendo.

Marla no pudo evitar echarse a reír.

—¿Te lo pasaste bien por lo menos?

—Yo… no entiendo este cuerpo y las dragonas no hacemos ciertas cosas porque no tenemos con qué tampoco, pero Tila es una buena maestra y se rió mucho y me hizo reír también.

—Pues eso es lo importante. Mañana tendréis tiempo para estar juntas. Tengo que ir a visitar a unas familias.

—Preferiría acompañarte, si no es molestia para ti. No estoy segura de querer otro envite como el de hoy.

Marla no pudo evitar volver a encender la vela.

—¿Cómo estáis juntas las dragonas?

Alcar se quitó la manta de encima y se sentó.

—Hay un dragón muy poderoso. Uno de los mejores exploradores, Kol. A veces visita a mi madre cuando vuelve de sus viajes y simplemente se miran. Una vez, cuando era pequeña y aún no sabía volar, estaba jugando en un agujero con algunos elementales y él entró en la caverna y se le quedó mirando a mi madre… Fue como si se estuvieran contando una historia con la mirada. Se acercaron y juntaron sus rostros, sin dejar de mirarse de aquella manera ni un momento, como si una corriente pasara y el mundo se hubiera parado. Estuvieron así mucho tiempo y luego ya empezaron a hablar, pero siempre se miran así, como si no necesitaran nada más. Yo… nunca he tenido un compañero, ni una compañera todavía…

Marla escuchaba con atención las palabras de Alcar.

—A veces, también pasa eso entre los humanos, de hecho es a lo que aspira todo el mundo: a un gran amor que les haga olvidar los problemas, o tener a alguien con quien compartirlos, o porque nadie quiere estar sola. Pero la mayoría de las veces ocurre lo que hicisteis esta tarde Tila y tú, y está bien también, aunque a veces se confunden y se complican las cosas.

—Quieres decir que lo de esta tarde…

—Nos iremos en unos días y a Tila le gusta disfrutar de la vida, hasta que su familia acabe por casarla si no escoge ella a nadie. Es lo que les queda a las campesinas como ella; eso o cuidar a su madre y a su padre cuando sean mayores y ser una solterona, como dicen por aquí, o marcharse y sobrevivir como pueda. Pero las mujeres solas lo tenemos difícil.

Alcar se quedó pensando.

—Atarse a alguien a quien no deseas… tiene que ser terrible.

—Sí, sí que lo es. Por eso mañana deberías quedarte y disfrutar de Tila y también de tu cuerpo, que no volverás a tener, si Ask consigue devolverte la forma de dragona.

Alcar le sonrió.

—Ser humana es interesante, pero habrá cosas que no voy a comprender nunca.

Marla sopló la vela y el granero quedó a oscuras.

Cuando Marla volvió al día siguiente al anochecer ya no vio salir a una mujer asustada del granero, sino a una exploradora del mundo. En ese momento supo que aquella mujer dragona estaba destinada a hacer muchas cosas. Aunque la videncia no era su mayor don y apenas entreveía cosas cuando visitaba los senderos del futuro, su experiencia con las personas, después de encontrarlas, curarlas y cuidarlas en sus peores momentos, le decía que aquella mujer, daba igual en qué forma se mostrara, tendría una vida plena. Sólo tenía que pensar en la manera de convencer al idiota del que fuera su marido, Ask, para que la ayudara.

Casarse con aquel hombre, tan formidable en su magia, sólo le trajo disgustos. Lo único bueno fue su hijo… cuando nació tuvo una revelación y abandonó a aquel hombre que vivía por y para la magia y luego para el poder. No le gustaba lo que el destino dejaba entrever para su hijo si se quedaban a su lado, así que se marchó y se escondió en el bosque. Sabía que no tardaría mucho en encontrarla, pero quería criar a su bebé tranquila, por lo menos durante un tiempo. Un día se presentó en la granja, cuando Lind la ayudaba en las tareas de la casa y se iba a pescar solo.

—Vengo a por mi hijo. ¿Cómo te atreves a llevártelo así? ¿Y para qué, para vivir como un campesino cualquiera con los dones que tiene?

Marla no le contestó ni se enfrentó a él. Se limitó a abrazar a Lind y a prepararlo para el viaje.

—Yo no quiero marcharme.

—Será poco tiempo, créeme. ¿Te acuerdas de lo que te enseñé a hacer cuando los orcos atacaron esta casa?

El niño asintió mientras ella le colocaba un pañuelo de lino, con cuidado en su cuello.

—Pues si te ves en peligro, haz lo mismo.

El niño no dejaba de mirarla con aquellos ojos brillantes, oscuros y grandes. Una mirada que no estaba preparada todavía, para lo que su padre quería enseñarle.

A los pocos días, Lind apareció en la puerta y a Marla se le rompió el corazón. Aquella mirada había cambiado.

—¡Odio la magia! ¡Odio a Ask y nunca volveré a esa ciudad!

Marla empujó al niño dentro y colocó el puchero con sopa sobre el fuego.

—No tienes que odiarla. Lo que hace tu padre no tiene nada que ver con lo que representa la magia. Él la usa sin amarla, como si las runas fueran herramientas. Pero hay mucho más en la magia que él nunca podrá ver y tú, mi pequeño Lind, la usas sin pensarla, porque forma parte de ti, como tus manos o tus ojos.

—No volveré a usarla nunca.

Enfurruñado el niño se sentó a la mesa, mientras se quitaba el mismo pañuelo que su madre le había colocado hacía unos días y mientras lo hacía su mirada se posó en el fuego, murmurando unas palabras. El fuego se avivó y pronto la olla rebullía sin parar.

Marla sonrió.

—Está bien, no la uses nunca.

Pero en cuanto colocó los cuencos en la mesa, la puerta se abrió violentamente y Ask entró.

—¡Tú, mocoso! ¡Cómo te atreves!

Marla se puso delante.

—Apártate, no podrás impedir que me lo lleve.

—No me pongo delante para protegerlo a él.

Ask movió un dedo y ella salió empujada hacia el jergón. Lind se levantó y miró a Ask, murmurando unas palabras. Cuando terminó, el mago ya no estaba allí.

—¿A dónde lo has mandado?

—A su habitación; mejor dicho, a la mía en el castillo. Tardará un rato en salir y cuando lo haga, espero que no vuelva por aquí.

Durante un tiempo, de vez en cuando aparecían soldados por allí, para buscarlo, pero pronto se cansaron de enviarlos y que aparecieran, sin saber nadie cómo de nuevo en el castillo. Ask acabó por olvidarlo.

Y Marla no volvió a hablar más de magia con su hijo, a pesar de recibir a aquellas mujeres. Él se convirtió en leñador, le gustaba pasar tiempo en el bosque y Marla sabía que los elementales pasaban mucho rato con él. Se convertiría en un gran mago, pero no sería como su padre.

Cada vez se acercaban más a Kengir. Los carromatos iban y venían por los caminos y el paisaje cambió a un vergel en el que el calor amodorraba a Marla y a Alcar.

Si no fuera por la urgencia de ayudar a Jar y a los dragones, Alcar habría disfrutado de aquellos días. Los puestos en el camino ofrecían frutas sabrosas y jugosas, y también otros artículos. Marla le regaló un colgante en forma de garra de dragona que la hizo sonreír y ella a su vez le regaló una supuesta varita mágica, un trozo de madera retorcido, pulido y labrado con cuidado. El paisaje, lleno de lagos, ríos y árboles y hierba por todos sitios, le quitaba la respiración a Alcar.

Empezaron a ver las primeras edificaciones, la ciudad que ya se extendía fuera de la ciudad, y llegaron a los muros, tan altos que la vista los confundía con el cielo.

—Este muro puede resistirlo todo, incluso el ataque de cientos de dragones.

Palabras en idiomas diferentes, colores de piel de todas las tonalidades posibles, orejas picudas y redondas, gigantes, seres que correteaban entre las piernas y patas de quienes transitaban por aquellas calles que se ordenaban por los gremios de quienes trabajaban allí, música estridente y también pausada, mujeres que vendían cosas, que paseaban, soldados que caminaban atentos a los ladrones, hombres que bebían en la calle en jarras pequeñas y que las ofrecían a quienes pasaban, todo aquello revuelto y en cada plaza bullía sin parar. En una de ellas dejaron el carromato al cuidado de un caballerizo y siguieron a pie entre el gentío.

A medida que se acercaban al castillo Marla se

iba concentrando más, mientras Alcar pensaba en que menos mal que había accedido a que la bruja la acompañara y la ayudara, porque con aquella marea de gente que la rodeaba ni siquiera hubiera encontrado el camino hacia el castillo.

Ya en la puerta, Marla tapó con la capucha de la capa el cabello de Alcar.

—No digas ni hagas nada, da igual lo que escuches o veas. No muevas un solo pelo y sólo contesta a lo que yo te pregunte.

Alcar asintió.

Marla se acercaba a los guardias de las diferentes puertas y todos se apartaban en cuanto ella pronunciaba unas palabras. Así llegaron a la última torre, donde el mago Ask, con su capa roja y brillante estudiaba un libro.

—Con sólo decir que eres mi mujer te hubiera ahorrado todos esos sortilegios.

—Ya no soy tu mujer, en realidad nunca lo fui y no necesito anunciarlo para hacer lo que quiera.

Alcar permanecía con la cabeza gacha mientras hablaban.

—Ayuda a mi amiga y mi gratitud contigo no terminará nunca.

Ask se acercó a Alcar, le quitó la capucha y empezó mirarla hasta que se fijó en sus ojos.

—Se ha dedicado mucha energía a este sortilegio... necesitaré prepararme. Pero dime —desdeñó a Alcar y miró a Marla—, ¿cuál es el interés en esta mujer?

—Ya te lo he contado ¿Ser una dragona en un cuerpo humano no es reto lo suficientemente atractivo para ti? Si le devuelves la forma, podrá recompensarte como te mereces ¿Verdad, mujer dragona?

Alcar abrió la boca en un gesto de sorpresa.

—Oh, por supuesto.

Ask miraba a una y a otra.

—Tendré que buscar en los escritos y hacer acopio de energía. Quedaos en el castillo y os avisaré cuando esté listo.

—Esperaremos en nuestro alojamiento. Puedes enviar a buscarnos cuando quieras.

Marla salió de la sala decidida y Alcar la siguió.

—Está tramando algo. Para empezar, ya sabía que veníamos, nos dejó pasar y no discutió. Así que en algo está pensando, pero ni siquiera la Diosa sabe en qué puede estar discurriendo alguien tan retorcido como él. Nos alojaremos en alguna taberna y escucharemos. Algo más está pasando y tenemos que averiguar qué es.

Volvieron a la marea de las calles de Kengir y buscaron una taberna donde dormir, cómoda y tranquila.

Alcar probó por primera vez la cerveza. Aquella bebida amarga le recordó, en el regusto que le dejó en la boca, sus baños de lava. En la taberna, sentada al lado de Marla en una mesa apartada, miraba su vaso de madera y daba sorbos cortos.

—No bebas muy deprisa ni mucho o te marearás.

A Alcar le pareció que la taberna empezaba a girar y empezó a tener calor, pero le gustaba aquel sabor.

Cuando quiso hablar su voz era pastosa y no tenía mucho sentido lo que decía, aunque en su cabeza sí. Aquello le dejó extrañada y con el ceño fruncido miró a Marla.

—Espera un poco para beber más. Y si se te revuelve el estómago, avísame. Tenemos que pasar desapercibidas y vomitar aquí no es lo mejor.

Alcar posó el vaso mientras la mirada se le desenfocaba. Nunca había sentido nada así, pero estaba relajada y esa sensación hacía mucho que no la sentía. Empezó a pensar en Jar. Ni se le pasaba por la cabeza qué le podrían estar haciendo en la fortaleza. Como le

tocaran un solo pelo conocerían la furia de una dragona pero, ¡oh!, mira qué chica más guapa, y qué mozo
más divertido. Si por ella fuera, saldría corriendo en
aquel mismo instante para ir en busca de Jar y decirle
que la quería, a pesar de lo mandona y lo joven que era
y lo irritante que podía llegar a ser. Amaba su pasión
por la vida, su curiosidad convertida en preguntas y en
un interés inusitado por meter el morro en todo lo que
quería conocer. Aquella fuerza que transmitía cuando
invocaba las runas... Las imágenes de lo que había
vivido con Jar se mezclaban con lo que veía en aquel
momento en la taberna. Personas que bebían, hablaban y reían, que se contaban lo acontecido en el día
a día, hablaban de sus vidas sencillas. Y se dio cuenta
que lo que había vivido con Jar no era ni rutinario,
ni fácil y nunca vivirían como aquellas personas. Por
muy inaguantable que fuera Jar la echaba de menos
y quería saber que por lo menos se encontraba bien.

   Dio otro sorbo a la cerveza, y el líquido amargo y
frío rascó su garganta.

   —Creo que tengo que salir.

   Y se levantó corriendo, volcando la silla y empujando a los hombres con los que se cruzaba, mientras
llegaba a la puerta y lograba vomitar en la calle.

Marla la siguió.

—Vámonos a la habitación. Te dije que no bebieras tan rápido.

—Oh ¿sabes? No me importaría que Tila —pero en su mente quien se le mostraba no era Tila, sino Jar— estuviera esperándome ahora arriba. Sería una tarde memorable. —Y sin saber muy bien por qué nombró a Jar y empezó a hablar de ella.

—Seremos las mejores exploradoras del mundo conocido. Lo sé, porque las dos somos poderosas y queremos saber más y conocer el por qué de las cosas, y no nos importa lo que piense la gente…

Marla empujó a una Alcar ya medio dormida por las escaleras y consiguió que llegara a la cama antes de que se derrumbara, mientras seguía murmurando en Lengua Antigua todas las cosas que haría con Jar.

Marla la tapó y suspiró. La inocencia de la mujer dragona, que no tenía nada que ver con su mirada, le seguía asombrando. Como si estuviera descubriendo el mundo, siempre con la cabeza hacia el cielo, ansiando volver a volar como le había contando en más de una ocasión, atenta a lo que ocurría en las copas de los árboles y a las aves que las sobrevolaban, como si fuera una costumbre tan arraigada que ni siquiera se daba cuenta de que lo hacía. Tocando las cosas, mirándose las manos continuamente, y los pies, y nunca perdiendo de vista su rostro reflejado en el agua. Alcar se descubría a sí misma observándose en aquel cuerpo nuevo y desconocido, y Marla la observaba fascinada. Pensó en cómo se sentiría siendo una dragona y así se durmió, soñando que unas alas le salían y sus pies se convertían en garras, y que saltaba desde un abismo para salir volando... Aquella noche, los sueños revoloteaban en la habitación de aquel hospedaje mientras una Diosa, a muchos mundos de allí, se revolvía en una pesadilla en la que los dragones atacaban a todos los seres de la Diosa, sobre todo a los seres humanos.

Fue una noche de sueños y pesadillas que no pasó desapercibida para un mago que indagaba sobre aquella mujer dragona. Había visto los vestigios, en los senderos de la videncia que pisaba como un visitante, puesto que no era su poder ni su talento. Pero a veces conseguía abrir aquel camino. Y había visto lo que ocurría. Pero ni en un millón de ciclos se le había ocurrido que la mujer dragona llegaría a Kengir y acompañada nada menos que de la única mujer que había amado y que le había rechazado y que, por eso se había marchado con su hijo…

No podía pasarlo por alto y tendría que buscar la manera de que se quedaran en Kengir. Algo iba a ocurrir. En los senderos se abrían más caminos que sólo atisbaba, pero se cubrían por las nieblas que no podía cruzar. Allí en aquella niebla se encontraba el futuro, pero no podía atravesarla sin riesgo de perderse en ella.

La luz del día hirió los ojos de una resacosa Alcar. La cabeza iba a estallarle y buscó su ropa. Entonces escuchó las trompetas, campanas y tambores y supo que la ciudad iba a ser atacada.

Se echó agua en los ojos, frotándoselos, y cogió su jabalina para salir en busca de Marla. ¿Qué pasaría fuera de los muros para aquella alarma?

La gente corría de un lado para otro y las puertas y ventanas se trancaban, mientras hombres y mujeres se vestían sujetando sus armas y los soldados marchaban hacia los muros corriendo o montados a caballo.

Alcar los siguió y cuando subió a una de las torres la visión la dejó sin palabras y sin aliento. Una marea negra cubría hasta donde se perdía la mirada, y unas enormes jaulas eran arrastradas por cuerdas. Dentro las dragonas y dragones de Trastara intentaban sin resultado salir de ellas. Forzó la mirada buscando a Jar, pero no se encontraba entre las jinetes atadas.

Se acercó a uno de los soldados.

—El mago Ask vendrá hasta aquí, ¿no?

—Sí. Hay una torre reforzada justo en la parte de arriba de la puerta central. ¿Qué crees que harán con esos dragones?

—Nada bueno, te lo puedo asegurar.

Intentó enviarle una runa a Marla y el chisporroteo, aunque tenue, obtuvo respuesta. Caminó por los muros hasta acercarse lo más que pudo a la torre central.

Una voz resonó y una bruja lanzó un rayo contra uno de los dragones enjaulados, que no podía lanzar fuego, y su cuerpo fue cayendo poco a poco. Sacaron a uno de los brujos encadenados y poniéndolo de rodillas pasaron un cuchillo por su cuello.

—Esto es lo que les ocurre a los seres más poderosos de estas tierras que se enfrentan al dios Fuego. Rendid la ciudad y os marchareis en paz.

Alcar gritó.

—¡Devuélveme mi forma! Y liberaré a los dragones.

Ask la miró, desdeñoso y Marla le empujó, pero los soldados la echaron para atrás y entonces una runa tenue que se desvaneció pronto se les apareció. Lind estaba allí y con aquella runa Alcar se dio cuenta del enorme poder de aquel chico.

Una voz resonó en su cabeza.

—Te devolveré tu forma de dragona.

Alcar comenzó a marearse y las piernas y brazos le temblaron. Sintió un escalofrío por la espalda cuando las alas pugnaron por salir y todo su cuerpo empezó a vibrar. Cayó sobre el suelo, pero se levantó cuando su cuerpo comenzó a agrandarse y, sin poder controlarlo, cayó hacia el vacío. Antes de llegar al suelo, elevó el vuelo y, lanzando bocanadas de fuego, liberó a las dragonas mientras cientos de flechas y lanzas eran lanzadas hacia ella.

De la ciudad salieron chisporroteos y también flechas. Las enormes puertas se abrieron para que la caballería iniciara un ataque. De repente todo se volvió fuego y humo. Alcar buscaba con la mirada a las brujas que habían conseguido liberarse y lanzaban rayos mientras se iban sobre sus dragonas. Pero no conseguía ver a Jar entre aquella marea de cuerpos.

Se dirigió hacia las jaulas que mantenían encerradas a las dragonas y vio que un conjuro las protegía del fuego, así que con sus garras por delante se posó sobre la primera y empujó para doblar y romper aquel hierro. Golan desde dentro empezó a patear la jaula hasta que empezó a ceder. Flechas y lanzas eran lanzadas contra ella. No podría aguantar más sin salir herida, pero consiguió romper algunos de los barrotes y Golan siguió empujando hasta que salió también volando. El dragón soltó una bocanada de fuego alrededor de las demás jaulas que si bien no hicieron mella en el metal, sí entre los monstruos que las rodeaban, y comenzaron a sacar a las demás dragonas.

Desde la ciudad, Marla gritó cuando vio varias figuras sobre nubes que se acercaban a las jaulas.

Y entonces dos rayos comenzaron a lanzarlas contra el suelo. Lind corría saliendo de un bosque cercano y en el lado contrario Jar hacía lo mismo.

Alcar, asombrada, se acercó volando hacia ella.

—¡Vamos! Liberaremos a los jinetes.

La atención se centraba en las jaulas; así que tardaron en dar la alarma. La enorme puerta central de Kengir se abría para dar paso a un ejército compuesto de caballería y de infantería, precedido por arqueros.

El ejército, ahora dividido, intentó atacar aquel ejército que parecía minúsculo en comparación con la puerta de la que salía, pero Ask no perdió el tiempo y comenzó a lanzar rayos protegiendo su avance junto a los arqueros de los muros.

Las dragonas liberadas y sus jinetes comenzaron a crear estragos en aquel ejército, hasta que los tambores dieron la señal para que se dispersaran.

ALCAR, JAR Y LIND

Alcar recogió a Jar y Lind y siguieron a los grupos que se dispersaban.

—¿A dónde vamos?

Lind observaba sobre los lomos de Alcar y agarrado a la cintura de Jar.

—Tenemos que saber dónde está el paso hacia su mundo para cerrarlo.

Al caer la noche se refugiaron en lo alto de una montaña. Jar observó a la dragona.

—Creí que habías muerto y, ¡oh, por la Diosa!, te vi caer desde el muro de Kengir pero no alcancé a ver tu rostro de humana.

Alcar no podía enrojecer, pero agachó la cabeza.

—Iba a ir a buscarte a la fortaleza, pero con mi forma humana poco hubiera podido hacer. Estos días han sido muy extraños, te he echado de menos. Y no hubiera sido por Marla y Lind…

Jar se adelantó y alzó una mano. Alcar agachó la cabeza para que pudiera acariciar su morro y la mujer juntó su cabeza a las fauces de la dragona.

—Yo también te he echado de menos… amiga mía.

A Lind se le escapó un suspiro de impaciencia y comenzó a caminar despacio.

—Iré en busca de un poco de leña y veré si puedo cazar algo, necesitamos descansar y comer.

Alcar levantó la cabeza.

—Eso déjamelo a mí.

Cuando Lind volvió con una brazada de ramas y hierba seca, Alcar también sobrevolaba la montaña. Al posarse, abrió la boca y junto a un montón de agua, salieron peces enormes y aún vivos, que se removieron un rato sobre la hierba. Luego aspiró con suavidad una pequeña llama sobre la madera que había preparado Lind y cocinaron sobre el fuego.

Alcar se sentó sobre sus patas y replegó sus alas. Sentía su cuerpo de nuevo, fuerte, y le apetecía lanzarse y volar sobre el mundo. Pero aquella montaña estaba llena de peligros para sus pequeños acompañantes, por muy poderosos que fueran, y vigiló. Lind se tumbó cerca del fuego, creando una runa de protección sobre él y Jar se acercó a la dragona. Empujó despacio una de sus garras y allí se acurrucó buscando el calor de la dragona.

Por una vez, Alcar deseó volver a ser humana.

Durante días vieron cómo se dispersaban los grupos, pero Lind, que conocía mejor aquellas tierras, se percató de que todas las huellas y rastros de orcos y trols se dirigían al mismo sitio.

—Se dirigen a las montañas del norte. Pero es un laberinto… no sé si encontraremos el paso que decís.

—Alcar, desciende. Si te ven se esconderán y no volveremos a verlos.

Alcar buscó un claro en el bosque.

—Haremos esta parte a pie. Te llamaré cuando lleguemos y sepamos a dónde van exactamente.

Alcar asintió con la cabeza mientras veía cómo se marchaban y entonces un rayo le atravesó la mirada y todo quedó negro.

LA BATALLA
DE LOS DRAGONES

El mundo se volvió rojo y Alcar vio desde lo alto mundos de lava y roca volcánica llenos de dragonas que rugían y escupían fuego sin parar. Se contaban por miles. Alzaban la vista hacia una figura brillante que parecía humana, que ocupaba todo el cielo y hablaba en Lengua Antigua.

—¡Matad, matad a los seres de la diosa Tierra y os daré el conocimiento del universo! ¡Llegaréis a los confines para ver los nuevos sueños que crearé! ¡Pero matad, matad! ¡Id a los mundos de la Diosa y matadlos a todos!

La figura siguió gritando y Alcar comenzó a marearse. Cerró los ojos intentando mover las alas y se despertó en el claro, mientras Jar y Lind, que llevaban un buen rato intentando despertarla, se echaban para atrás. Cuando levantó la cabeza extendió sus alas, nerviosa.

Alzó el vuelo. Una urgencia como de gritarle al mundo la inundaba y la bola de fuego de su interior, que siempre le tranquilizaba, se le hizo inaguantable y abriendo la boca la lanzó hacia las nubes: un chorro largo que la dejó exhausta. Y volvió a descender.

—¿Qué te ha pasado? ¡No podíamos despertarte!

—Tengo que ir a Draconia y debéis reunir a las dragonas en Kengir. El mundo corre un gran peligro.

Lind y Jar se miraron entre ellos sin entender.

—¡Los dragones! Van a venir y van a arrasar con todo.

Y se marchó, apurándose. Sólo podía pensar en su madre.

Vio el humo desde muy lejos, y a una manada de dragonas surcar el cielo, lanzando bolas de fuego. Algunos de los humanos que vivían en la fortaleza habían conseguido huir al ver lo que ocurría. Una runa se le apareció, con la marca de su madre, y giró en el vuelo para buscar en las montañas del norte.

Allí se encontró con los supervivientes, apenas unos cientos.

—Estamos enviando runas a las jinetes y a las brujas para que tengan cuidado con las dragonas que...

—¡Es terrible, madre! ¿Cómo puede hacer esto el dios Fuego? Los seres de la Diosa no tendrán ninguna oportunidad si llegan los dragones de los mundos del Fuego y aquí muchos le siguen también.

—Los dragones que no han vivido con seres humanos los ven como a enemigos. Tenemos que ayudarles, pero seremos muy pocas. Y Alcar, tú eres muy joven. Escóndete y déjanos a nosotras.

Alcar alzó la cabeza consiguiendo llegar más alto que su madre.

—No voy a abandonaros, ni a los seres humanos. Vamos a Kengir, sabemos que irán allí y podemos sumarnos a las defensas de la ciudad.

—De acuerdo. Iremos a Kengir.

Un escueto ejército de dragonas debilitadas por la batalla se puso en marcha. Empezaron a ver el humo que provenía de pueblos y fortalezas. Desde las atalayas les lanzaban flechas y jabalinas.

—¿Crees que nos recibirán bien?

—Me adelantaré y contaré lo que ocurre.

La ciudad se hallaba rodeada. Algunos fuegos se apagaban en las calles y edificios, y los soldados se gritaban unos a otros para garantizar que no le lanzaran flechas.

Ask salió a su encuentro. Lind y Jar aún no habían llegado y lo agradeció.

—No eres bien recibida, ni tú ni nadie de tu especie.

—He visto que varias de las dragonas siguen defendiendo la ciudad. No he venido a atacar sino a ayudar y a pensar en la manera de evitar que invadan este mundo. Hay más como yo esperando a que las avise para que vengan.

Ask buscó a Draca, que se adelantó.

—Hay más dragonas aguardando escondidas en los bosques para venir a la llamada de Fuego. Y llegarán más, aunque no las suficientes, os lo puedo asegurar. Debemos invocar a la diosa Tierra si queremos salvarnos.

—¡Invocar a una Diosa! Escapa a mis habilidades y creo que a las de cualquier bruja o brujo de este mundo. Pero vosotras sí que podéis.

—Lo hemos intentado, pero no responde a la llamada. Tendréis que cantar la Canción del Éter.

—Eso es una leyenda. ¿Cómo va a cantar todo el universo la misma canción a la vez?

—Todos los seres de la Diosa ya la cantan. El pueblo fauno con sus flautas y timbales, el centauro en las noches, las dríadas extienden su rumor por los bosques. El pueblo élfico aprende su historia a través de las canciones y el vuestro cantaba ya en el Bosque de Hierro, y más seres que existen y que no veis o no recordáis. Habéis olvidado la canción y tenéis que recordar porque si no estará todo perdido. Nosotras podemos defender esta ciudad, por el momento, pero cuando lleguen las hordas serán imparables.

Ask pensaba mientras algunos de sus consejeros corrían en busca de textos que pudieran ayudarles.

—También podemos ir a buscar a la Diosa, pero sólo podemos encontrarle si ella quiere que la encontremos, y no la sentimos.

Ask se giró de nuevo hacia Alcar.

—Trae a las demás dragonas mientras buscamos en los textos antiguos.

Alcar esbozó una runa y varias figuras llegaron desde su escondite.

Los días pasaban entre carreras de los consejeros y discusiones. Alcar nunca había hablado con la Diosa. Sólo en las canciones que había cantado con su madre la habían llamado sin esperar respuesta. Una consejera anciana llegó acompañada de sus ayudantes que casi la llevaban en volandas.

—Esto es lo que he encontrado pero me temo que este poder es peligroso.

Ask sujetó el papel enrollado que la mujer le tendía y empezó a leer. Su cara se fue ensombreciendo a medida que leía.

—¡Oh, por la Diosa! Por mucho poder que tenga no sé si será suficiente para esa invocación. ¡Pero me prepararé!

Durante días ensayó aquellas runas tan complicadas y se dirigió al camino montado a caballo y con un séquito de soldados. Pero volvió ante la alarma que resonó en toda la ciudad. Anochecía y sobre las últimas luces del sol que ya se escondía en el horizonte, el cielo se oscureció por cientos de alas que se batían y un ruido ensordecedor de gargantas de dragonas que rugían. Todo el mundo empezó a correr y las dragonas que había en la ciudad se alzaron desde los muros.

—¡Haré el hechizo aquí, pero necesito tiempo!

Alcar y las demás dragonas asintieron y se prepararon. Aliana se colocó al lado de su hija.

—Puedes esconderte. Esto será muy doloroso para ti.

—No voy a marcharme, ya no soy una dragoncita y vi lo mismo que tú. Escuché la llamada de ese dios que nos soñó y que ahora quiere que destruyamos estos sueños tan hermosos. Jar llegará enseguida y querrá luchar y yo le ofreceré mi silla para luchar juntas.

Aliana giró el cuello y acercó el morro al de su hija.

—Ten cuidado.

Y salieron volando en las formaciones que habían preparado.

El cielo se convirtió en fuego y humo. Cuerpos de dragonas caían por todos lados y los soldados lanzaban todo lo que tenían a mano desde los muros y los edificios más altos. Ask creaba runas ayudado por Marla, y entonces Jar y Lind llegaron. Lind se colocó al lado de su padre y siguió sus movimientos. Las runas se hacían cada vez más grandes y brillantes desde aquel tejado de la fortaleza. Alrededor suyo, las dragonas proseguían su lucha entre bocanadas de fuego, patas que arrollaban y cuellos mordidos.

Entonces las runas se expandieron, y Lind y Ask desaparecieron. Marla se acercó al lugar que había ocupado su hijo un rato antes y lo llamó.

Mientras, en el cielo, Aliana intentaba proteger a su hija, lanzando bocanadas de fuego. Y Alcar seguía subiendo para intentar distraer a las dragonas y alejarlas de la ciudad. Así estuvieron mucho tiempo hasta que la llamada de Jar, rápida y escueta, hizo que buscara la manera de acercarse a ella para recogerla. Entones ya no huyeron, se enfrentaron a las dragonas con fuego y runas y consiguieron que muchas cayeran o huyeran.

Alcar siempre dudó de lo que vio en ese momento, pero le pareció que una mano invisible arrastraba a las dragonas hacia el cielo. Todas desaparecieron de repente entre rugidos y aleteando, luchando por volver a acercarse a la ciudad, pero el cielo se despejó como si aquella batalla hubiera sido un mal sueño.

El silencio que llegó pronto despareció. La ciudad ardía a pesar de los esfuerzos por defenderla y la gente corría de un lado para otro lanzando agua y saliendo de los muros, cargando con lo poco que podían llevar.

Alcar buscó a su madre con la mirada y Jar la guió hacia el tejado donde Marla gritaba sin parar el nombre de Lind.

Descendiendo de la silla corrió hacia la mujer para abrazarla y Alcar fue en busca de su madre, a la que encontraría en la llanura, en el suelo, con la mirada sin pupila y sin vida, al lado de Kol, mucho más grande que ella, también muerto. Alcar no quiso pensar en que aquel dragón que había amado a su madre había sucumbido a la promesa del dios Fuego. Juntó por última vez su morro al de su madre, frío. Aspiró su olor y se lanzó al vuelo. Volvió para recoger a Jar.

—Vamos a buscar a Lind.

—Pero ¿a dónde? Ask y él desaparecieron con las runas.

Alcar entonó la Canción del Éter y cruzaron el universo para llegar a la llanura donde Ask, arrodillado, sujetaba la cabeza de Lind.

—Se enfrentó al dios Fuego. Le lanzó runas mientras yo intentaba despertarla… despertarla a ella.

Jar se arrodilló a su lado y sujetó la mano del chico, que parecía que dormía.

—No tuvo ninguna opción. Fuego sólo tuvo que levantar una mano y la Diosa no despertó a tiempo.

Alcar miraba, pero allí no había nadie más.

Se llevaron el cuerpo de Lind a Marla, que sin decir una palabra lo lavó y lo enterró en el bosque. La ciudad no volvió a ser la misma. Había demasiado que reconstruir y solo se ocuparon los barrios que apenas habían alcanzado las llamas. Ask ayudaba a recomponer pero ya no tenía magia, y Alcar y Jar se fueron en busca de los mundos. Ya no tenían a dónde más ir.

Durante ciclos, atravesaron el universo visitando mundos increíbles, y Jar fue mamá en uno de los mundos, donde conoció a un brujo que le enseñó otras maneras de hacer las runas. Alcar se resistía a dejarla. No había podido recuperarse de las heridas, por mucho tiempo que llevara en el magma, ni con los esfuerzos de Jar por curarla. No pudo recuperar las escamas que había perdido en aquella batalla y su cuerpo era débil.

Jar creó su propio linaje y una noche se la llevó por última vez a volar.

—Hemos visto muchas cosas juntas.

—Sí, me gustaría volver a nuestro mundo.

—Ya es tarde para mí y a quienes quiero están aquí.

—Lo sé, pequeña bruja tozuda. Pero no puedo vagar por el universo eternamente. Bueno, podría con alguien como tú. Pero para viajar sola mi cuerpo ya no es el que era, no tengo la fuerza suficiente para hacerlo.

—Mi tiempo se acaba.

Llegaron a una playa y Jar bajó con cuidado del lomo de la dragona. Se acercó despacio a la orilla para remojar los pies. Amanecía y hacía frío. Volvió junto a Alcar y abrió sus garras para meterse dentro.

—Este es mi último vuelo, pero a ti te queda mucho tiempo. Puedes encontrar a otras jinetes, o puedes no hacerlo.

—¿Puedo preguntarte algo?

—Claro.

—Amaste a Lind durante aquellos días que pasasteis juntas.

Una risa suave enterneció a Alcar.

—Lind y yo empezamos a amarnos pero no tuvimos tiempo. Me dolía demasiado quedarme allí y ver a Marla todos los días. No hubiera aguantado ver su dolor y sentir el mío. Pero tú nunca has amado a nadie, aunque es difícil cuando los de tu especie han vuelto a sus mundos y quieren destruir estos.

—Sí que he amado. Una vez fui humana, ¿recuerdas?

—¿A aquella chica que conociste? No me has contado muchos detalles.

Alcar estiró su ala para proteger a la mujer y darle más calor.

—Ella me enseñó cómo sentir con un cuerpo humano, pero me di cuenta de que ya amaba a alguien mucho antes.

Jar apoyó su mano en una de las escamas tibias y rugosas de su amiga, y Alcar giró el cuello para acercar el morro a la cabeza diminuta de su amiga y aspirar su olor.

—Te sigo amando Jar, y me quedaré hasta que ya tú no estés.

La mano seguía recorriendo la escama, muy despacio y muy suave.

—Yo también te amé, durante ciclos, después de que Lind muriera, pero es imposible vivir así, sin acercarnos más, para siempre.

—Lo sé, vieja amiga.

Se quedaron allí otro rato. Varios días después despedían el cuerpo de Jar y Alcar ascendía de nuevo para volver a su mundo.

Kengir era casi un desierto y comentaban sobre un brujo que hablaba todo el rato de mantener la memoria de la ciudad. En el resto de ciudades, tanto de la meseta como de las llanuras, temían a la dragona y la habían recibido con flechas y jabalinas, así que buscó un volcán, con la marcha de las dragonas se habían ido apagando y allí se quedó sin salir apenas, con los ojos cerrados, buscando el calor de la lava casi apagada, hasta que una runa la despertó. Una invocación escueta como las llamadas de Jar y más sencilla y torpe se le apareció y emergió de la boca del volcán. Una parte de ella ansiaba que todo hubiera sido un sueño, que allí estuviera Jar, metiéndose con ella porque siempre tenía que esperarla, según ella, demasiado, pero se encontró a otra mujer, llena de cicatrices y con la pierna rota, que le contaba que el mundo volvía a ser amenazado por aquel dios que le había dado la vida y que se había vuelto loco.

LA MUJER DE LOS MUCHOS NOMBRES

—¿Me contarás una historia de dragoncitas?

Sus manos acariciaban las escamas con cuidado y pegaba su cuerpo al de la dragona.

—Es una historia larga. Mi niñez duró cientos de ciclos hasta que aprendí a volar.

—Nuestro viaje también es largo.

Alcar se aclaró la garganta y la Mujer se pegó más a ella. Le gustaba cómo reverberaban las palabras en el cuerpo de la dragona antes de que salieran de su boca.

—¿Sabías que las dragonas y las dríadas recuerdan el día de su nacimiento?

Y la Mujer esbozó una sonrisa al pensar cómo sería sentir la primera vez que los ojos abrían la mirada al mundo.

ÍNDICE

¿TE GUSTARÍA SER UN AUTOR O AUTORA MINICLANDESTINA?

Si tienes un manuscrito de novela de género (western, ciencia-ficción, terror, fantasía, thriller, novela negra) de unas 20.000 palabras, tu obra puede formar parte de la colección de bolsillo de Orpheus.

Envíanos tu manuscrito: *editorial@orpheus.es*

ESTE LIBRO SE TERMINÓ DE COMPONER EL 21 DE JUNIO
DE 2024, ONOMÁSTICA DE SAN LUIS GONZAGA,
QUIEN MURIÓ SIENDO ADOLESCENTE TRAS HABER
ASISTIDO A LOS ENFERMOS DE UNA GRAVE EPIDEMIA.
SE CUMPLÍAN TAMBIÉN 89 AÑOS DEL NACIMIENTO
DE LA ESCRITORA FRANCESA FRANÇOISE SAGAN.

OTROS MINICLANDESTINOS

COLECCIONES INICIADAS